核与辐射突发事件
知识百问

主　编　蔡建明　李　雨

副主编　李百龙　高　福

编　者　（以姓氏笔画为序）

　　　　王公展　李　雨　李百龙

　　　　高　福　蒋建明

第二军医大学出版社

内容提要

随着核能以及各种射线在国民经济和国防等各个领域的广泛应用,辐射能在造福人类的同时,也给人类的健康和安全带来了威胁,甚至造成切尔诺贝利核电站爆炸那样的重大灾难。科学认识和正确应对突发和与辐射事件越来越成为百姓日常生活的重要知识。本书从原子与辐射,辐射的生物效应及其对健康的影响,核恐怖活动与核武器,核电站事故,辐射防护与核意外事件应对措施等多个方面,向公众介绍相关科学知识,以提高公众对电离辐射和突发核灾难的防范意识和处置能力。

本书适合于大众阅读,也可供核与辐射医学应急救援人员和其他感兴趣的读者参考。

图书在版编目(CIP)数据

核与辐射突发事件知识百问/蔡建明,李雨主编. —上海:第二军医大学出版社,2011.4
ISBN 978 - 7 - 5481 - 0116 - 1

Ⅰ. ①核… Ⅱ. ①蔡… ②李… Ⅲ. ①辐射防护-问答 Ⅳ. ①TL7 - 44

中国版本图书馆 CIP 数据核字(2010)第 194823 号

出 版 人 陆小新
责任编辑 高 标

核与辐射突发事件知识百问
主 编 蔡建明 李 雨
第二军医大学出版社出版发行
http://www.smmup.cn
上海市翔殷路 800 号 邮政编码:200433
发行科电话/传真:021 - 65493093
全国各地新华书店经销
上海锦佳装潢印刷发展公司印刷
开本:787×1092 1/32 印张:4.375 字数:89 千字
2011 年 4 月第 1 版 2011 年 4 月第 1 次印刷
ISBN 978 - 7 - 5481 - 0116 - 1/T · 033
定价:28.00 元

作者简介

蔡建明 1958年3月生，上海人，教授，博士生导师，放射医学教研室主任，军队重点实验室主任。现为第二军医大学放射医学国家重点学科带头人，上海市公共卫生放射医学重点学科总带头人。兼任国际辐射防护协会（IRRA）亚太区理事、中国生物物理学会常务理事兼辐射与环境生物物理专业委员会副主任委员、上海生物物  理学会副理事长、上海辐射与环境生物物理专业委员会主任委员、上海放射医学与辐射防护专业委员会主任委员、全军辐射医学专业委员会副主任委员等十多个学术职务。

他长期从事核辐射危害医学防护研究，主持国家科技重大专项、国家自然科学基金、军队科技攻关等近20多项课题科研任务，获得国家 I 类新药证书1个，上海市科技进步一等奖1项，军队科技进步二等奖2项、三等奖6项，军队教学成果二等奖1项，上海医学科技奖一等奖1项，总后优秀电化教  材一等奖1项，上海市优秀青年科技论文二等奖1项，上海市教学成果三等奖1项，国家发明专利2项、实用新型专利1项。2001—2009年作为第二军医大学"三防"医学救援队队长，带领全队出色完成上海"APEC"会议、上合组织峰会、奥运安保等一系列特种医学重大保障任务。主编出版《核生物医学-基础与应用技术》等专著4部,发表学术论文117篇,其中SCI、EI收录15篇。曾获得总后优秀教师、上海市青年教师等荣誉,是第十、第十一和第十二届上海市杨浦区政协委员。

序　言

1892 年法国物理学家贝克勒尔(Becquerel)发现了放射性,拉开了人类认识、利用放射性的序幕。1938 年德国化学家哈恩(Hahn)和斯特拉斯曼(Strassmann)发现了原子核的裂变反应,奠定了人类利用核能的第一块基石。随着近代核科学技术的快速发展,核能以及各种射线已经在国民经济和军事等各个领域得到普及应用,它们在为人类带来巨大利益的同时,也给当今世界和人类的健康带来新的难题和严峻挑战。广岛、长崎原子弹爆炸和前苏联切尔诺贝利核电站事故等给人类造成了重大灾难,最近日本福岛第一核电站多个机组爆炸后产生了巨大的社会影响。这些重大事件敲响了核安全防护方面的警钟。我国也存在突发核与辐射事件的可能性,核电作为重要能源之一已列入国家重大建设计划,进入了积极推进的快速发展阶段。核能和辐射能的利用越来越广泛,各类辐照装置遍布国民经济的各个领域,国内外恐怖分子核恐怖活动的潜在威胁也在日益增加。因此,普及和传播防范突发核与辐射事件的科学知识十分必要。

第二军医大学放射医学国家重点学科带头人蔡建明教授,从事突发核与辐射事件医学防护研究 27 年,曾作为第二军医大学"三防"医学救援队队长,带领全队出色完成上海"APEC"会议、"上合"组织峰会、"奥运"安保等一系列特种医学重大保障任务,在应对突发核与辐射事件医学防护领域具有扎实的理论知识和丰富的实践经验。他和同事们充分收集国内外公开发表的资料，结合他们自己的研究成果和实际体会，共同编写了《核与辐射突发事件知识百问》一书。该书以公众容易理解和接受的问答形式，内容涉及电离辐射与核辐射基础知识，辐射的效应及其对健康的影响，核与辐射突发事件及核恐怖活动，应对核与辐射突发事件，日常核与辐射卫生防护五部分，共一百多个问题，对核与辐射突发事件安全防护和医学处置相关问题做了较为系统的科学解答，具有较好的可读性、实用性和参考价值。

该书的出版，对宣传和普及核与辐射突发事件安全防范科学知识，加强公众对核辐射的正确认识，消除不必要的核恐惧或核恐慌心理，提高核与辐射安全防范的自觉性、针对性和有效性等，将起到有益作用。我对此书的出版致以诚挚的祝贺，并祝愿它发挥重要的社会效益。

第二军医大学校长、少将　刘振全

二〇一一年三月十八日

前　言

核与辐射突发事件是一种意外发生的涉及核与辐射,对社会的稳定与公众的健康和安全,对环境,对国家和私人财产等具有重大危害的大事件。鉴于"9·11"以来核与辐射恐怖威胁的客观现实,国际社会一致通过了《制止核恐怖行为国际公约》。公约规定任何以危害人身、财产和环境为目的,拥有、使用或威胁使用放射性物质或核装置均属犯罪,任何破坏核设施的行为也属犯罪。公约要求各国政府立即采取立法等措施打击核恐怖行为,确保对那些制造、参与、组织和策划核恐怖行为人的惩罚,对于涉嫌制造核恐怖行为的人,各国政府必须予以起诉或将其引渡受审。

公众如果缺乏对核与辐射突发事件处置常识的了解,一旦发生核与辐射突发事件,即使该事件未造成人员伤害,也会造成重大社会恐慌,演变成重大社会事件。日本福岛核电站爆炸的事故再次表明,对公众进行必要的核辐射突发事件与辐射恐怖事件应对宣传是必要的。本书从原子与辐射,辐射的生物效应及其

对健康的影响，核恐怖活动与核武器，辐射防护与核意外急救等几个方面向公众宣传相关知识，以提高公众有关的防范意识和应对能力。希望大家能临危不乱，积极、恰当地应对此类突发事件。

目　录

第一章　电离辐射与核辐射基础知识 / 1

　1. 放射性的发现 / 1

　2. 什么是辐射,什么是电离辐射和非电离辐射? / 2

　3. 什么是核辐射? / 4

　4. 什么是天然辐射? 什么是人工辐射? / 5

　5. 什么是放射性外照射和内照射? / 7

　6. 什么是 α 射线? / 8

　7. 什么是 β 射线? / 9

　8. 什么是 γ 射线? / 9

　9. 什么是中子 ? / 10

　10. 什么是重离子辐射? / 11

　11. 什么是 X 射线? / 11

　12. X 检查和 CT 检查用的是什么射线? / 13

　13. 用于外照射放射治疗的主要是什么射线? / 14

　14. 诊断和治疗中常用的放射性核素是哪些? / 14

　15. 放射性强弱用什么度量?
　　　——放射性活度与单位 / 15

　16. 环境中的放射性污染有哪些? / 16

　17. 物质放射性会自动消失吗?
　　　——放射性衰变 / 17

　18. 受到照射过的物体会残留放射性吗? / 18

　19. 什么是电磁波,电磁波对人体健康有危害吗? / 18

　20. 电离辐射与核辐射在哪些领域可造福于人类? / 21

　21. 人们为什么会"谈核色变"? / 23

第二章　辐射的效应及其对健康的影响 / 26

　22. 正常情况人们一般受到哪些辐射? / 26

　23. 人体接触放射线一定会产生有害效应吗? / 28

第二军医大学出版社

目 录

第二军医大学出版社

第一章

电离辐射与核辐射基础知识

1. 放射性的发现

在放射性的发现史上,法国人作出了巨大贡献。

1896 年,法国物理学家贝克(Becquerel,1852—1908)在研究 X 射线和荧光之间的关系时偶然发现铀化合物接近照相的底片时使其变黑了。进一步的研究发现这和 X 射线及荧

光没有关系,这是铀元素本身的特性。我们现在所熟知的铀元素的天然放射性,不依赖于铀元素的物理或化学状态,这种射线象 X 射线一样可以穿透不透明物体而且使空气导电。

1897 年,法国物理学家卢瑟福(Rutherford,1871—1937)对这些放射性

辐射的特性进行了研究,他指出有两种类型的射线很容易被薄金属片所吸收,且产生电离射线的穿透力较强,但产生的电离却很少。1900年,由法国物理学家维拉德(Villard,1860—1934),发现了第三种更具穿透力的射线,γ射线。

2. 什么是辐射,什么是电离辐射和非电离辐射?

太阳光、紫外线、红外线、声波、电磁波、带电粒子、中子等的传播都是辐射。它们在通常情况下对人体无害,但在过度暴露于这些辐射状况下也会造成机体的损伤。科学家们按照有无电离能力将这些辐射划分为电离辐射与非电离辐射。其中大家比较熟悉的太阳光、紫外线、红外线、声波等为非电离辐射,人们不熟悉、谈论较多和具有恐惧心理的是电离辐射。

电磁辐射、核辐射都是不同波长的电磁波,常说的可见光、带颜色的光、紫外线、红外线⋯⋯都是波的一种,波长不同决定了其性质不一样。太阳光谱上红外线的波长大于可见光线,为 $0.75 \sim 1\,000\ \mu m$。红外线可分为三部分:①即近红外线,波长为 $0.75 \sim 1.50\ \mu m$;②中红外线,波长为 $1.50 \sim 6.0\ \mu m$;③远红外线,波长为 $6.0 \sim 1\,000\ \mu m$。核辐射里的 γ 射线,就是短于 0.2 埃的电磁波,是一种穿透力很强的波。可见光穿透不了木板,但 γ 射线穿透人体也不在话下。这些辐射都是波,只不过波长不一样,人为取的名字不同而已。

　　X射线、γ射线及其他可以导致物质电离并产生离子对的带电或非带电粒子射线,均属于电离辐射。产生电离辐射的物体或装置称为辐射源。按照来源不同,电离辐射可分为核辐射、原子辐射和宇宙辐射。①核辐射是指在原子核衰变或核反应过程中产生的辐射;②原子辐射是指原子中的轨道电子发生状态变化时产生的辐射;③宇宙辐射是来自太空的辐射,包括到达地球的初级粒子及其与大气层空气相互作用产生的次级粒子。

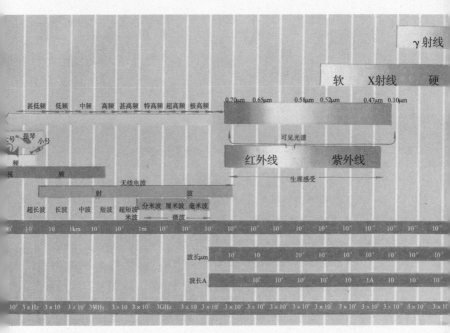

电磁波频谱

3

按照带电情况和粒子性质,电离辐射又可分为以下三类:①带电粒子辐射,如 α 射线、β 射线、质子射线等;②不带电粒子辐射,如中子、中微子等;③电磁辐射,包括 X 射线和 γ 射线。

　　红外线、紫外线、可见光、微波及无线电波等电磁波属于非电离辐射。公众经常接触的非电离辐射有以下几个方面:①室内外环境:高压输电线路、变电站、电力牵引机车;广播和电视发射塔、车载移动电视、移动电话基站、移动电话信号屏蔽器、卫星天线、雷达;无线网关、蓝牙、电子防盗系统、身份识别卡、超速监测仪等;②家用电器:计算机、微波炉、彩电、电磁炉、电动缝纫机、电熨斗、电炉、吸尘器、空调、冰箱、洗衣机、电热水壶、臭氧发生器等;③个体暴露:移动电话、对讲机、无绳电话、无线电台、无线耳机、无线鼠标等。

3. 什么是核辐射?

　　核辐射是指由放射性核素放出的辐射。世界上一切物质都是由原子构成的,原子又是由带正电的原子核和围绕着原子核的带负电的电子组成的。大多数核素的原子核是稳定的,但也有一些核素的原子核不稳定,能发射出放射线。具有放射性的核素被称为放射性核素。放射性核素发射出放射线后将变成新的同位素,新同位素可能是放射性同位素,也可能是稳定同位素,而这一过程则称为放射性衰变。

　　核辐射有各种各样射线,常见的有 α、β、γ 三种射线。α 射

4

线是氦核,β射线是电子,这两种射线由于穿透力小,影响距离比较近,只要辐射源不进入体内,影响不会太大。γ射线的穿透力很强,是一种波长很短的电磁波,受照剂量超过一定的程度会引起放射病乃至死亡。

4. 什么是天然辐射？什么是人工辐射？

电离辐射通过各种各样的途径进入我们的生活。有的来自天然的过程,例如地球上的铀的衰变;有的来自人工的操作,如医学中使用的X射线。因此,我们能够按照辐射的来源将它们分为天然辐射和人工辐射。天然辐射包括宇宙射线、来自地球本身的γ射线、空气中的氡的衰变产物,以及包含在食物及饮料中的各种天然存在的放射性核素。

人工辐射包括医用X射线、来自大气核武器试验的放射性落下灰、由核工业排出的放射性废物、工业用γ射线,以及其他各种物品等。

每一种辐射来源都有2个重要的特性：①它会给人类带来剂量;②我们能够比较容易地采取一些措施影响此种剂量。直到最近,天然辐射一直被认为并不是很多而且是不可改变的,完全是一种本底现象。然而,现在我们知道,在某些地区,例如自室内氡气(它本身是铀衰变的一种产物)的衰变产物的剂量非常高;另一方面,降低老房子里的氡衰变产物的浓度是相当容易的,在建新房时也可以采取措施不让这种气体的浓度过高。相反,对于其他天然辐射源的照射,我们确实很难改变它。宇宙射线、γ射线及体内

5

第二军医大学出版社

的天然放射性这些基本的本底,能使全世界的公众平均每年受到约 1 mSv 多一点的剂量。对于大多数人而言,来自氡的衰变产物的剂量,实际上仍是不可避免的,其大小也是 1 mSv 多一点。

在多数情况下,控制人工辐射的来源比较容易,因为我们能改变或终止产生此种辐射的操作,只不过需要权衡一下利弊罢了。例如,关注来自医疗 X 射线检查的剂量是重要的,但是宁可损失重要的诊断信息而一味地降低剂量,也是不明智的。

宇宙中辐射无处不在

辐射大致比例。

1) 外太空的宇宙射线:12%。

2) 岩石和土壤中的天然放射性物质:15%。

3) 空气中的放射性气体:45%。

4) 人体本身及各种饮料和食物:15%。

5) 医疗诊断:17%。

6) 核废料及辐射尘:1%。

5. 什么是放射性外照射和内照射?

由放射源或辐射发生装置(如粒子加速器)释出的穿透力较强的射线由体外作用于人体称为外照射;放射性物质经由空气吸入、食品食入,或经皮肤、伤口吸收并沉积在体内,在体内释出 α粒子或 β 粒子等对周围组织或器官造成照射,称为内照射。在正常作业或事故性释放时,放射性物质一般通过空气和水为途径进入周围环境,在环境中经不同的污染方式,包括食物链最终到达人体。

居里夫妇

电离辐射对人类的健康危害是在人类不断利用各种电离辐射源的过程中被认识的。1895 年伦琴发现 X 射线后一年就有操作人员手部皮肤发生损伤的报道,以后发现这些损伤不但可以引起皮肤溃疡,最终还可导致皮肤癌。1898 年居里夫妇又发现新的放射性元素——镭和钋,当时尚未认识到它对人体的伤害作用,没有采取任何防护措施,研究人员的手部和其他接触过放射性核素的皮肤,出现了长期不愈的灼伤。镭应用于发光涂料后,一批描绘表盘的女工除了接触作业场所镭的污染外,还因常用嘴唇舐吸含发光涂料的笔尖而摄入过量的镭,因而出现下颌骨骨髓炎、其他骨病变(骨质疏松、骨坏死和骨折)和骨肉瘤。

第二军医大学出版社

1924 年首次提出了矿工肺癌的病因是吸入氡及其短寿命放射性子体。1939 年报道捷克矿工肺癌的死亡率为对照人群的 28.7 倍，推测可能与肺部受到放射性粉尘作用有关。在我国，20 世纪 60 年代开始发现云南有个旧锡矿矿工肺癌人数不断增加，他们中绝大多数是早年在无机械通风的井下作业的童工，其主要病因是吸入矿井空气中的氡及其子体。

相关的学术研究

6. 什么是 α 射线？

α 射线也称 α 辐射，是放射性核素核衰变过程中，从原子核内释放出的高速运动的氦核流。

其运动速度通常为 $(1\sim2)\times10^4$ km/s。α 射线带有 2 个单位正电荷，具有很强的电离能力，但穿透能力弱，在介质中的射程很短，在空气中只有数厘米，在生物组织中只有数十微米，难以穿透皮肤表层。因此，射线外照射的危害可以不予

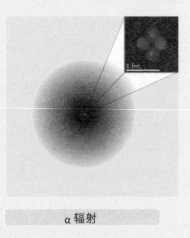

α 辐射

考虑,但作为内照射源时,对生物体的危害很大。

7. 什么是β射线?

　　β射线也称β辐射,是放射性核素衰变时从原子核内释放出的高速运动的电子流。多数β粒子运动速度较大,最大可接近光速。β射线的电离能力较α射线弱,但穿透能力较α射线强,在空气中的最大射程可达数米。

　　许多放射性核素能自发发射β射线,如氚、碳-14和锶-90。β射线具有一定的穿透本领和电离能力,容易被人体表面组织所吸收,引起浅层组织的损伤,由体内β放射性物质释出的β射线也可能对健康产生一定的影响。从保

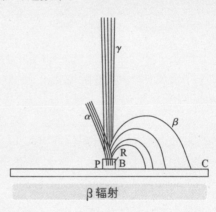

β辐射

护人的健康考虑,既要注意防止外部β射线的直接照射,防止高能β粒子可能引起的皮肤烧伤,也要防止吸入被β放射性物质污染的空气或食入污染的食物,并避免皮肤(特别是伤口)被污染。

8. 什么是γ射线?

　　γ射线也称γ辐射,是放射性核素衰变时,原子核从高

第二军医大学出版社

宇宙射线

能级向低能级跃迁释放出的波长极短的一种电磁辐射。γ射线不带电,运动速度等于光速,电离能力相对较 α 和 β 射线弱,但穿透能力很强,在空气中可传播至几百米以外,在生物组织中可穿透整个人体,是造成外照射危害的主要射线之一。

γ射线可以通过和物质的相互作用,间接引起电离效应。不同放射性核素发射的 γ射线,能量可以有很大差异,因而 γ射线在空气中的射程也是不同的,放射源周围四面八方都将接收到 γ射线。随着离源距离增大,接收 γ射线的球面积迅速增长,γ射线的强度迅速变小,几百米后 γ射线的强度已很小。要想有效阻挡 γ射线,一般需要采用厚的混凝土墙或重金属(如铁、铅)板块。

许多放射性核素能自发发射 γ射线,如在核技术应用中经常使用的钴- 60、铱- 192 等

9. 什么是中子?

中子是原子核的主要组成部分之一,重原子核裂变、轻原子核聚变及其他许多核反应,都有中子释放。少数核衰变也能释放中子。中子不带电,它的质量略重于质子。按能量不同中子可分为:

1) 慢中子（包括热中子）：能量在 1 keV 以下。

2) 中能中子：能量为 1～500 keV。

3) 快中子：能量为 0.5～20 MeV。

4) 特快中子：能量在 20 MeV 以上。

由于中子不带电，在空气中的自由射程很长，可与 γ 射线相比拟，也是造成外照射危害的主要射线种类。

原子结构

10. 什么是重离子辐射?

重离子指比 α 粒子（氦核）重的离子，如碳-12、氖-22、钙-45、铁-56、氪-84 和铀-238 等。简单的理解重离子就是原子量比氦原子大的离子。

重离子具有独特的辐射生物学效应，对肿瘤细胞的杀伤作用强。我国开展了"重离子束治疗肿瘤临床试验研究"，目前已建成两个重离子治疗癌症试验终端，并制订了我国首个《重离子加速器治疗肿瘤企业标准(试行)》，建立了一套适合中国人群的重离子束治疗模型。"重离子束治癌关键科学技术问题研究"已被列入国家"973 计划"项目给予重点扶持。兰州重离子治癌中心建成后，我国将成为世界上第四个实现用重离子束临床治疗肿瘤的国家。

11. 什么是 X 射线?

在各种放射线中，人们通常接触最多的就是 X 射线。大

第二军医大学出版社

大小小的医院几乎都设置有放射科,而男女老少大多在这里接受过 X 射线透视,以检查、诊断身体各器官、组织功能和结构的改变。在工业等领域,X 射线也有广泛应用。

X 射线和 γ 射线一样,是一种高能电磁辐射,有较强的穿透能力,且只有通过与物质相互作用,才能使物质间接地产生电离效应。X 射线与 γ 射线的不同之处在于:①其能量低于 γ 射线;②产生的机制不同,γ 射线由放射性核素自发衰变释放出,而 X 射线通常是高速电子轰击金属靶产生。

要有效阻挡 X 射线,一般需要采用重金属板块,从保护人体出发,同样需要特别注意来自外部的 X 线照射。但对低能量的软 X 射线,由于其能量很低,比较容易对它加以屏蔽(电视机或计算机的显示屏就能很好地阻挡软 X 射线)。

计算机和电视机已经深入到千家万户,计算机和电视机视屏的辐射也成为人们非常关心的问题。为此,在 20 世纪 90 年代国内有关机构对此做过调查。监测对象包括国产和进口的各种型号的计算机终端(多为 20 世纪 80 年代后期生产)200 余台、黑白和彩色电视机共 30 多种。监测结果表明,从这两类视屏泄漏出来的 X 射线是低能 X 射线。由于视屏吸收了大部分 X 射线,尚可穿透的 X 射线对人体产生的照射剂量极低,人们无需担心看电视或使用计算机会使身体受到辐射伤害。在日常生活中,确有一些长期从事计算机工作的人员反映出现一些不适的症状,这与较长时间不合适的体位造成的疲劳有关。所以,这类工作人员应注意有合适的工作体位和良好的作息制度,以减轻可避免的疲劳(包括视疲劳)。

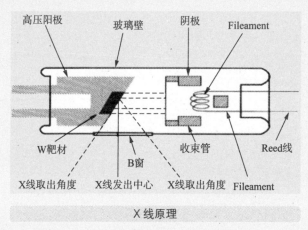

高压阳极　玻璃壁　阴极　Fileament

W靶材　收束管　Reed线

X线取出角度　X线发出中心　X线取出角度　Fileament

B窗

X线原理

12. X检查和CT检查用的是什么射线?

每个去过医院看病的人都多少经历或听说过X射线和CT,其都是重要的医学影像学检测手段,对疾病的诊断起着举足轻重的作用。X射线具有很强的穿透性,能穿透人体的组织结构,而人体组织之间存在着密度和厚度的差异。所以X射线在穿透过程中被吸收的量不同,剩余的X射线因其荧光效应和感光效应在荧屏或X线片上形成明暗或黑白对比不同的影像。这样医生就可以通过X射线检查来识别各种组织,并根据阴影的形态和浓淡变化来分析其是否属于正常。计算机体层成像(CT)是用X线束对人体检查部位进行扫描断层。由探测器接收透过该层面

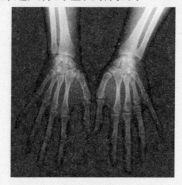

X线片

13

的 X 射线,由光电转换器源 X 射线光子转变为电信号,再经模拟数字转换器转为数字。输入计算机处理从而获得数字化的重建断层图像。其密度分辨力明显优于 X 射线图像,扩大了人体的检查范围,提高了病变的检出率和诊断的准确率。

13. 用于外照射放射治疗的主要是什么射线?

体外照射又称为远距离放射治疗。这种照射技术是治疗时,放疗机将高能射线或粒子来瞄准照射癌肿。用于体外照射的放射治疗设备有 X 线治疗机、钴-60 治疗机和直线加速器等。钴-60 治疗机和直线加速器一般距人体 80~100 cm 进行照射。单纯从身体外部进行放射治疗有一定的局限性,即使在足量照射的情况下,总有一部分肿瘤局部复发。

近年来,质子以及其他重离子的治癌研究得到高度重视,重离子由于其在局部微观空间对癌细胞的杀伤力远远大于 γ 射线等,可以大大提高肿瘤等放射治疗的效果。德国、日本等一些发达国家已经用于临床治疗,中国科学院兰州近代物理研究所在研制我国首台重离子治癌装置,上海市已在引进国外的质子加速器。

14. 诊断和治疗中常用的放射性核素是哪些?

临床应用的放射性核素可通过加速器生产、反应堆生产、从裂变产物中提取和放射性核素发生器淋洗获得。医学中常用的加速器生产的放射性核素有:^{11}C、^{13}N、^{15}O、^{18}F、^{125}I、^{131}I、^{201}Tl、^{67}Ga、^{111}In 等。利用核反应堆强大的中子流轰击各种靶核,可以大量生产用于核医学诊断和治疗的放射性核素。医学中常用的反应堆生产的放射性核素有:^{99}Mo、^{113}Sn、^{125}I、^{131}I、

^{32}P、^{14}C、^{3}H、^{89}Sr、^{133}Xe、^{186}Re、^{153}Sm 等。核燃料辐照后产生 200 多种裂变产物,有实际提取价值的仅十余种。在医学上有意义的裂变核素有:^{99}Mo、^{131}I、^{133}Xe 等。放射核素发生器是从长半衰期的核素(称为母体)中分离短半衰期的核素(称为子体)的装置。放射性核素发生器使用方便,在医学上应用广泛。医学中常用的发生器有^{99}Mo－^{99}Tcm 发生器、^{188}W－^{188}Re 发生器、^{82}Sr－^{82}Rb发生器、^{81}Rb－^{81}Krm 发生器等。

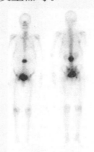

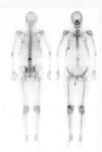

治疗前骨显像　　　治疗后骨显像

放射性核素发生器　　　放射性核素诊断和治疗疾病

15. 放射性强弱用什么度量?——放射性活度与单位

放射性强弱或大小是可以度量的,其单位是放射性活度。放射性活度定义是单位时间内发生自发核衰变的数目,一般可把放射性活度简单地理解为单位时间发生的衰变数目。

放射性活度的国际单位制专用单位是贝可勒尔,简称贝可,符号为 Bq。

放射性物质及其容器

第二军医大学出版社

1 Bq=1/秒,即 1 秒钟发生 1 个衰变。早期使用的活度单位为居里(Ci),1 Ci=3.7×10¹⁰ Bq。

16. 环境中的放射性污染有哪些?

放射性元素的原子核在衰变过程放出 α、β、γ 射线的现象,俗称放射性。由放射性物质所造成的污染,叫放射性污染。放射性污染的来源:原子能工业排放的放射性废物,核武器试验的沉降物以及医疗、科研排出的含有放射性物质的废水、废气、废渣等。

(1)原子能工业排放的废物　原子能工业中核燃料的提炼、精制和核燃料元件的制造,都会有放射性废弃物产生和废水、废气的排放。这些放射性"三废"都有可能造成污染,由于原子能工业生产过程的操作运行都采取了相应的安全防护措施。"三废"排放也受到严格控制,所以对环境的污染并不十分严重。但是,当原子能工厂发生意外事故,其污染是相当严重的。国外就有因原子能工厂发生故障而被迫全厂封闭的实例。例如,切尔诺贝利核电站。

(2)核武器试验的沉降物　在进行大气层、地面或地下核试验时,排入大气中的放射性物质与大气中的飘尘相结合,由于重力作用或雨雪的冲刷而沉降于地球表面,这些物质称为放射性沉降物或放射性粉尘。放射性沉降物播散的范围很大,往往可以沉降到整个地球表面,而且沉降很慢,一般需要几个月甚至几年才能落到大气对流层或地面。

(3)医疗放射性　在医疗检查和诊断过程中,患者身体都要受到一定剂量的放射性照射。例如,进行一次肺部 X 线透视,接受(4~20)×0.000 1 Sv 的剂量;进行一次胃部透视,接受 0.015～0.03 Sv的剂量。

（4）科研放射性 科研工作中广泛地应用放射性物质，除了原子能利用的研究单位外，金属冶炼、自动控制、生物工程、计量等研究部门几乎都有涉及放射性方面的课题和试验。在这些研究工作中都有可能造成放射性污染。

17. 物质放射性会自动消失吗？——放射性衰变

在使用或保存放射性物质的过程中可能发现放射性物质的放射性随时间的推移不断变弱甚至消失不见，说明放射性物质随时间有减弱的趋势，但这种趋势又因放射性核素的不同而有很大差异，这就是放射性衰变。放射性半衰期是放射性核素因放射性衰变而使其活度降低到原来的一半时所经过的时间。

放射性半衰期通常用符号 $T_{1/2}$ 表示。不同放射性核素的放射性半衰期差异很大，短的只有几天、几小时、几分钟，甚至不到 1 秒钟，长的却可达几千年、几万年，甚至是几亿年、几十亿年。例如碘-131 约为 8 天，钴-60 为 5.3 年，铯-137 为 30.5 年，钾-40 则长达 1.3×10^9 年。

放射性核素放置一个半衰期的时间，其放射性活度将减一半；放置 6 个半衰期，将减至原来的 1/64；而放置 10 个半衰期后，放射性活度只约为原来的 1/1 000。由此可知，让短半衰期的放射性物质搁置一定时间后，可使其放射性活度降至很低而不致对人体的健康产生影响；但对长半衰期的放射性核素，有限的时间对其放射性活度的减少几乎不起作用。

由 X 射线装置产生的 X 射线和电子加速器产生的 β 射线就不存在半衰期的概念，因为只要关掉射线装置就不产生辐射了。

第二军医大学出版社

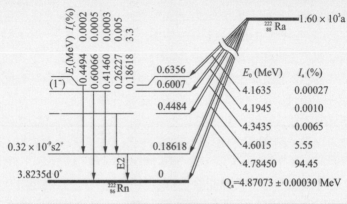

$^{226}_{88}Ra$ 的 α 衰变纲图

18. 受到照射过的物体会残留放射性吗?

一般放射性射线照射的物质不会变得具有放射性,除非发生放射源泄漏、玷污或者开放的挥发性放射性物质。强中子源附近,可能有感生放射性,因为中子不带电,和原子核没有斥力,与周围物质原子核结合后,可能生成不稳定放射性核素,其他放射源产生的感生放射性可以忽略。总之,日常生活中接触到的γ、X、电子等射线,被照过的物体无残留放射性。

19. 什么是电磁波,电磁波对人体健康有危害吗?

正像人们一直生活在空气中而眼睛却看不见空气一样,电磁波就是这样一位人类素未谋面的"朋友"。电磁波是电磁场的一种运动形态。电可以生成磁,磁也能带来电,变化的电场和变化的磁场构成了一个不可分离的统一的场,这就是电磁场,而变化的电磁场在空间的传播形成了电磁波,所以电磁波也常称为电波。1864年,英国科学家麦克斯韦在总结前人研究电磁现象的基础上,建立了完整的电磁波理论。他断定电磁波的存在,推导出电磁波与光具有同样的传播速度。1887年德国物理学家赫兹用实验证实了电磁波的存在。之后,人们又进行了许多实验,不仅证明光是一种电磁波,而且发现了更多形式的电磁波,它们的本质完全相同,只是波长和频率有很大的差别。按照波长或频率的顺序把这些电磁波排列起来,就是电磁波谱。如果把每个波段的频率由低至高依次排列的话,它们是无线电波、微波、红外线、可见光、紫外线、X射线及γ射线,广义的电磁辐射通常是指电磁波频谱而言。狭义的电磁辐射是指电器设备所产生的辐射波,通常是指红外线以下部分。

电磁辐射危害人体的机制主要是热效应、非热效应和积累效应等:①热效应:人体内70％以上是水,水分子受到电磁波辐射后相互摩擦,引起机体升温,从而影响到身体其他器官的正常工作。②非热效应:人体的器官和组织都存在微弱的电磁场,它们是稳定和有序的,一旦受到外界电磁波的干扰,处于平衡状态的微弱电磁场将遭到破坏,人体正常循环机能会遭受破坏。③累积效应:热效应和非热效应作用于人体后,对人体的伤害尚未来得及自我修复之前再次受到电磁波辐射的话,其伤害程度就会发生累积,久之会成为永久性病态或危及生命。对于长期接触电磁波辐射的群体,即使功率很小,频率很低,也会诱发想不到的病变,应引起警惕。

各国科学家经过长期研究结果表明:长期接受过多的电磁辐射会造成人体免疫力下降、新陈代谢紊乱、记忆力减退、提前衰老、

第二军医大学出版社

心率失常、视力下降、血压异常,皮肤产生斑痘、粗糙,甚至导致各类癌症等;男女生殖能力下降,妇女易患月经紊乱、流产、畸胎等症。

随着人们生活水平的日益提高,电视、电脑、微波炉、电热毯、电冰箱等家用电器越来越普及,电磁波辐射对人体的伤害越来越严重。比如电热毯是使用最广与人体接触最近、接触时间最长,对人体健康影响可能性最大的家用电器。根据频率的不同,电磁辐射对体的影响有所不同,一般而言低频电磁辐射对人体的影响以神经效应为主,高频电磁辐射对人体的影响以热效应为主。为了防止电磁波对人体健康的危害,国家制定了相关控制电磁波的防护标准,严格限制各类家电产品所产生的电磁波。

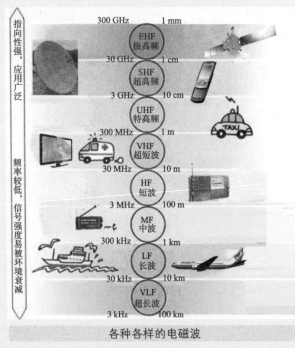

各种各样的电磁波

20. 电离辐射与核辐射在哪些领域可造福于人类？

辐射是广泛存在于宇宙和人类生活环境中的自然现象。从古至今，人类就是在天然辐射环境中发育、繁衍、进化和发展的。从某种意义上说，我们的生存已经离不开辐射。

核辐射技术的应用领域十分广泛。工业领域的核应用技术主要有工业生产过程中的检测与分析和辐射加工两部分。核技术工业检测与分析包括工业同位素仪表、核微探针、大型集装箱检测系统等，它们都属于无损检测与分析。以密封的放射源为基础的工业同位素仪表有厚度计、密度计、料位计、核子秤、中子水分计、X 荧光分析仪、γ 探伤机等，它们是工业过程控制和自动化监测的重要组成部分。镅-241 火灾报警器是近期迅速实现产业化的一种核仪器仪表。近年来，一些国家研制开发的集装箱检测系统，是核应用技术的最新成果。1996 年，我国继英、法、德之后研制成功了加速器源大型集装箱检测系统，并已实现产业化和出口。其后，在研制成功国际创新的钴-60 集装箱检测系统系列产品的基础上，又于 2002 年研制成功了钴-60 集装箱 CT 检测系统，为打私、反恐斗争提供了有力的手段。

辐射加工是重要的核辐射应用技术，主要包括辐射化工、医疗用品辐射消毒灭菌、食品辐射保藏和"三废"辐射治理等。我国的辐射化工产品有 20 多类 300 多种，形成了热收缩材料、辐射交联电线电缆和辐射乳液聚合三大支柱产业。医疗用品辐射消毒灭菌具有节约能源、可常温灭菌、消毒灭菌彻底、操作简便快捷、无化学残留和污染、不产生感生放射性等

第二军医大学出版社

优点。食品辐照保藏是用电离辐射处理食品,以延缓其呼吸、抑制发芽、延长货架期、杀虫灭菌、进行检疫处理等。至2003年5月世界上有52个国家至少批准了一种辐照食品,到目前为止,我国批准了18种和6大类食品的卫生标准,是世界上食品辐照商业化规模最大的国家之一。

核辐射应用技术在农业方面的应用主要包括辐射育种、辐射不育、防治虫害和同位素示踪等,其中前两个方面已经实现产业化。利用辐射技术诱变培育性能优良的农作物新品种是核技术农业应用的主要领域。目前我国辐射育成的新品种已有625个,约占全世界的25%。

核辐射应用技术在医学中的应用主要包括核技术诊断与辐照治疗,这种应用又称核医学。核技术诊断主要采用外用辐射源(大多用X射线)和放射性同位素,目前已发展到先进的正电子发射断层显像技术(PET),更多采用的是以放射性免疫分析(RIA)为主的体外诊断。辐射治疗是利用射线的破坏作用治疗肿瘤,大都采用γ射线(钴-60源,铯-137源)或高能电子(由电子加速器产生)作为外用辐射源进行治疗,目前已发展到中子治疗和p介子治疗。另一种方法是将辐射源置于体内进行治疗。近年来,全国开展核医学工作的医疗单位已达1 200余家,每年有2 000多万人次接受诊断和治疗,治疗癌症病人250万人次。

此外,核辐射应用技术还作为强有力的工具广泛用于科学研究中,包括在基础科学、生命科学以及其他学科,用同位素和电离辐射提供多种分析和实验研究手段,使人们的视野从宏观推向微观,从而有可能从分子、原子、原子核水平动态地观察自然现象。

21. 人们为什么会"谈核色变"?

核能是 20 世纪人类发现的一种新型能源。但是,核能只有在安全、和平利用的前提下,才能真正造福人类。20 多年前发生的前苏联切尔诺贝利核电站事故,作为世界核电史上最严重的事故,在人类和平利用核能的进程中投下了一道阴影。尽管国际社会已经对这一事故做出了科学结论,广大公众限于种种原因却并不了解事故真相,一些人对核能利用仍心存疑虑,甚至谈"核"色变。

中国核工业集团公司潘自强院士再次澄清:"切尔诺贝利事故引起的辐射急性死亡人员不过数十人,而且均系工作人员,至今尚未在居民中发现急性损伤病例。"上万人与几十人,印象与事实的相差竟如此之大。

"谈核色变"的不只是普通公众。一名到秦山核电站采访的科技记者,回家后的第一件事是把在采访时穿过的衣服、鞋袜扔进垃圾桶,理由竟是"这些东西沾染了核辐射!"

从科学性和工程性上看,核电是一种安全、清洁的能源,在目前运行和在建的核电站中,切尔诺贝利核电站的缺陷正逐步得到技术改进,安全系数提高,相同原因造成的事故不可能重演,这是做出的科学结论。那么为什么依然有那么多人"谈核色变"? 根源在于公众对核知识、核信息的不了解。正因如此,中国国家原子能机构和国际原子能机构在北京主办的国际研讨会,特意选择了"核能与公众"这个主题,目的之一就是消除人们的核恐惧心理,促进核能和平利用。

事实是最好的老师。秦山核电站建设之初,当地一些居

第二军医大学出版社

民也有着强烈的"核恐慌",有的甚至闹着要迁走。到如今,秦山核电站已经安全运行 10 多年,核电站所在地浙江省海盐县的经济发展持续提速,城市面貌日新月异,人们已经将"核"与"安全"紧紧联系在一起,对一个个加紧建设的核电机组,海盐人眼中流露的只有骄傲。

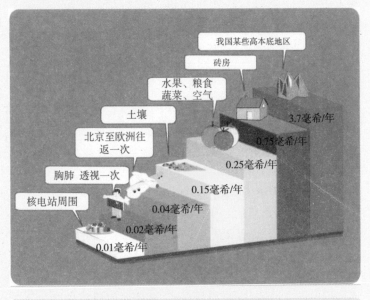

我国某些高本底地区

砖房

水果、粮食蔬菜、空气

土壤

北京至欧洲往返一次

胸肺 透视一次

核电站周围

3.7毫希/年

0.75毫希/年

0.25毫希/年

0.15毫希/年

0.04毫希/年

0.02毫希/年

0.01毫希/年

居民在生活中受到的天然辐射剂量

最近日本福岛第一核电厂 4 个机组相继发生爆炸,我们对此应进行客观的科学的分析,从目前得到的信息可以看出,此次事故的发生,既有偶然性,也有必然性。

说其偶然性,是因为发生了历史上罕见的 9.0 级大地震,引发 10 多米高的海啸,海水浸泡、损坏了核电站的冷却系统及其它保护设施。说其必然性，一是因为这4个核电机组超期服役未及时更新，而且属于早期建成的核电站，设计和工艺技术已经落后，安全性能差。二是存在人为判断失误和冒险侥幸心理。如果在地震发生后及时用海水冷却核反应堆，也许不会带来后续严重的核事故。但是，资本家怕海水腐馈价格昂贵的核电设备，盲目自信，未及时采用超常应对措施，乃甚酿成大祸。

　　我国政府对日本福岛核电站事故发生的教训极为重视，正在采取强有力的措施检查、评估现有的核电站，重新审检建设中的核电站，本着对人民生命高度负责，历史责任感，务必使我国的核电站真真做到万无一失。

第二章

辐射的效应及其对健康的影响

22. 正常情况人们一般受到哪些辐射？

人们无时无刻会受到自然界中始终存在的天然辐射的照射，以及某些人类实践活动或涉及辐射的事件和事故向环境中释放出的放射性物质。

来自天然辐射的个人年有效剂量全球平均约为2.4毫希沃特(mSv)，其中，来自宇宙射线的为0.4 mSv，来自地面γ射线的为0.5 mSv，吸入(主要是室内氡)产生的为1.2 mSv，食入为0.3 mSv。可见氡是最主要的照射来源。

不同地区，天然辐射剂量是不同的，个人吸收的剂量变化范围很大。全球各地天然照射水平通常可相差3倍左右，但在一些地方可以高出平均水平10倍，有时甚至达100倍，即所谓的高天然本底辐射地区。在我国，各省、各地区的天然辐射剂量同样是差别很大。例如，广东、福建天然辐射剂量较高，而北京则较低，其中，某些高本底地区的天然γ剂量率比全国平均水平要高出2~10倍。

最近,日本东北部地区发生了里氏9.0级的大地震,位于福岛县的福岛第一核电站4个机组相继发生氢气爆炸或火灾,部分放射性物质外泄,日本政府下令离核电站半径30公里以内的人员撤离或做好相应防护工作,这是十分必要的。但是,中国及其他周边国家人民对此产生恐慌是不必的。因为福岛核电站爆炸和切尔诺贝利核电站爆炸情况有很大不同:

其一切尔诺贝利核电站主要是核反应堆内部核燃料裂变反应产生的爆炸,而福岛核电站是核反应堆外部氢气产生的化学爆炸,前者爆炸威力远远超出后者;其二,后者向外界释放的放射物质远远低于前者,造成的放射性污染程度和影响的范围比前者小得多;其三,我国政府已经加强了对福岛核电站爆炸放射性烟云的监控,建立有完善的预警机制;其四,福岛核电站离中国大陆相距1 000公里以上,假如风向转变福岛核电站爆炸放射性烟云飘到中国大陆,因为放射物质自身衰变和大气的稀释作用,其影响力将十分微弱,不足以对健康造成明显影响,可能远不及我国周边国家进行原子弹爆炸试验对我国造成的放射性污染水平;其五,人类祖祖辈辈就生活在天然辐射环境中,人人不可避免地接受来自宇宙和地表等各种来源的天然辐射,而机体本身在一定的射线剂量范围内,对射线危害有较好的损伤修复和抵抗能力。

因此,即使外界环境中辐射水平稍有增加,并不意味就会对健康造成危害。例如,广东阳江地区天然辐射水平比上海地区高出5倍左右,流行病学调查资料表明,那里生活的居民并不因为每年"吃"的射线比其他地区高而健康状况差,相反,有些疾病的发病率(如癌症)比上海地区居民还要

第二军医大学出版社

低一些。

23. 人体接触放射线一定会产生有害效应吗?

物质的放射性是与地球同生共长的一种自然现象。世界上 98% 地区的自然放射性本底为 2.4~7 mSv,个别地方的自然辐射超过了 10 mSv。低剂量的自然辐射,是人类和生物生存的环境因素之一。根据科学家的测定,人类全年接受的放射性总量中,还有 30% 左右源于医源因素。现代放射性检查设备,除了增强 CT、X 线造影等极个别的检查外,普通 CT、PET 和 PET/CT 单次检查的辐射吸收剂量一般只有 5~8 mSv。而心肌显像和全身骨扫描,只有 2~3 mSv。

既然放射性是伴随生物生存进化的环境因素,生物体对低剂量的放射性有相当的耐受性也就很自然了。美国能源部 2003 年的一份专题研究报告认为,低剂量辐射,可能有助于通过启动细胞程序性死亡机制清除体内有损伤的病变细胞。此前也有科学家报道,少量核辐射可激活免疫系统,调动体内抗癌防线。他们认为,这种"少量"是指比公认程度高 100 倍以内的辐射。2007 年美国《核医学杂志》报道,在巴尔的摩地区模拟一次 2 300 居里/1.36 吨硝酸铵/煤油制造的"脏弹"核恐怖事件,结果造成 10 mSv 辐射的地区只有几个街区长、1个街区宽,放射性带来的伤亡率远比爆炸本身的伤亡率低。脏弹本身的危害,远不如其引起社会恐慌的危害大。有研究者估计,脏弹对受影响个体一生的风险,只不过与吸 5 包香烟的风险相似。这些数据,说明低剂量辐射的风险,远远低于人们一般所担心的程度。

28

医用放射性技术是以检查疾病为目的,其早期发现疾病的能力已被无数事实证明。据国内外资料,CT可以帮助发现数毫米级的肺内、肾上腺等部位的肿物,造影可以协助查明血管疾病的部位和程度。不久前,全社会都为

医用放射技术

侯耀文先生的猝然离世而扼腕叹息,如果侯先生能早一点进行负荷心肌显像检查,也许能发现他潜在的病变。医用诊断性放射技术是人类对付疾病重要而有价值的手段,人们在接受医用放射诊断时,自然也免不了受到放射线的作用,它们对人类的益处远远超出其可能的不良影响。但如果滥用或技术失误,使人员受到较多放射线的作用,对人体和环境的影响也是不容忽视的。如何正确利用医用放射性技术造福人类,是医务工作者和政府主管部门应认真对待、科学管理的。

24. 人体遭到过量辐射会产生哪些有害效应?
——确定性效应和非确定性效应

以不同的速率施加于身体不同部位的、不同大小的辐射剂量,会在不同的时间引起不同类型的健康效应。

如果全身受到非常高的剂量,几个星期内就可能死亡。例如,瞬间接受 5 Gy 以上的吸收剂量,如果不进行治疗,致死的可能性就非常大,因为骨髓及胃肠道已遭到损伤。

第二军医大学出版社

合适的治疗可以挽救受到 5 Gy 照射的人的生命。但是，如果当全身剂量达到 10 Gy 时，即使采取医疗措施。几乎可以肯定仍然是致命的。身体局部区域受到非常高的剂量时，虽然不一定致命，却可能会出现其他的早期效应。例如局部皮肤瞬间受到 5 Gy 的吸收剂量后，1 周左右就会出现红斑（皮肤变红且非常痛），生殖器官受到相似的剂量就可能导致生育能力丧失。此类效应被称为确定性效应，它们只在剂量或是剂量率高于某一阈值时发生，随着剂量或剂量率的增加，效应出现的时间越早且越严重。发生在个体身上的这种确定性效应，可以在临床上确定为辐射照射所致。

还有一种确定性效应要在受到照射之后过了较长的时间才发生。通常这些效应并不是致命的，但能使身体某些器官的功能削弱，或产生其他的非恶性病变，以至身体致残或不适。众所周知的例子有白内障（眼晶体浑浊）和慢性皮肤损伤（变薄及溃疡）。

如果剂量较低，或者剂量相同但受照时间较长，则身体的细胞就会有较大的机会进行修复，因而可以不出现早期的伤害迹象。尽管如此，组织或许仍然已经受到损伤。

辐射的非确定性效应也称为辐射的随机效应，是指效应发生的概率（而不是严重程度）随照射剂量增加而增大的一类效应。这类效应不存在剂量的阈值，在小剂量照射所致个别细胞损伤（主要是突变）时即可发生。辐射的遗传效应，辐射致癌效应都属于这类随机性效应。随机性效应既然不存在剂量阈值，则也就不存在"容许剂量"的概念。但是，通过用限制照射剂量可减少其发生的概率。

两类效应的基本性质及其表现见下表。

电离辐射致生物效应类型

	随机性效应	确定效应
诱发机制	单个细胞受损,主要是突变效应	大量细胞集体受损或死亡
阈值概念	无阈值	有阈值
与剂量的关系	发生率取决于剂量	严重程度取决于剂量
效应的性质	用统计方法在受照人群中预测	受照者个人可显示出来
效应表现	严重的遗传疾患、癌症	脱毛、红斑、白内障、不育、造血障碍

25. 用什么物理量度量辐射对人体作用的大小?
——吸收剂量、当量剂量和有效剂量

为了度量辐射对人体作用的大小,需要引入相关的辐射剂量。因为辐射对人体健康的影响大小,不仅与辐射的类型、能量有关,也与受辐射作用的人体组织、器官的特性(例如对辐射的敏感程度),以及放射性核素在体内滞留的时间等因素有关,所以要使用辐射剂量来表示人体健康可能受到影响的程度。最常用的辐射剂量有 3 个:吸收剂量、当量剂量和有效剂量。

(1)吸收剂量　是指单位质量的组织或器官吸收的辐射能量大小。吸收剂量的国际单位制导出单位为戈瑞(Gy),1 Gy 相当于辐射授予每千克质量组织或器官的能量为 1 焦耳。早期使用的吸收剂量单位为拉德(rad),1 Gy = 100 rad。

（2）当量剂量　由于在授予相同能量的情况下，不同辐射类型对组织、器官的相对危害程度不同，于是引入器官或组织的当量剂量，它等于组织或器官接受的平均吸收剂量乘以辐射权重因子后得到的乘积。引入辐射权重因子就是用于考虑不同辐射对健康的相对危害程度，X、γ 和 β 射线的辐射权重因子为 1，中子的辐射权重因子为 5～20（决定于中子能量），而 α 的辐射权重因子为 20。这表明，在相同吸收剂量的情况下，α 粒子和中子对身体的健康危害远大于 X、γ 和 β 射线。当量剂量的国际单位制的导出单位为希沃特（Sv）。早期使用的单位为雷姆（rem），1 Sv＝100 rem。

放射剂量监测仪器

（3）有效剂量　当考虑辐射对人体的随机性效应，且人体接受的是非均匀照射（即各组织器官接受的当量剂量不同）时，要考虑不同组织、器官对辐射的不同敏感性，于是要使用一个新的辐射剂量来衡量辐射对人体健康的影响，这个新的量称有效剂量。将有效剂量定义为各组织的当量剂量和各自的组织权重因子的乘积的总和。在这里，组织权重因子用于表示各组织器官对辐射的敏感程度。例如，骨髓和性腺对辐射敏感程度高，权重因子就大；皮肤对辐射不敏感，权重因子就小。有效剂量的单位也是希沃特（Sv）。

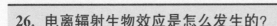

26. 电离辐射生物效应是怎么发生的?

各种射线,无论是带电粒子或者非带电粒子,都可以使原子电离或激发,都会损失能量,直到它的能量完全沉积在被照射的物质中,此类能量损失的最终结果是增加原子或分子的振动,产生大量自由基,同时发生复杂的化学变化。正是这些一开始的电离及最终的化学变化导致有害的生物效应。

生物组织的最基本单元是细胞,它的控制中心就是细胞核,细胞核的结构非常复杂。细胞中大约80%是水,其余的20%则是非常复杂的有机化合物。当电离辐射通过细胞组织时,它会产生多种自由基,如由一个氧原子和一个氢原子组成的氢氧自由基(OH)。自由基的化学性质非常活泼,可以改变细胞中的重要的分子。

细胞中特别重要的一种分子是脱氧核糖核酸,即 DNA,主要存在于细胞核中。DNA 控制细胞的结构和功能,并进行自我复制。它的分子很大。携带 DNA 的载体称为染色体,可以通过显微镜看到。到目前为止,虽然我们还没有完全弄清楚辐射伤害细胞的所有途径,但大多涉及使 DNA 发生改变。能够引起此种改变的途径:①辐射可以使 DNA 分子电离,直接引起化学变化;②辐射使细胞中的水产生氢氧自由基等,这些自由基与 DNA 发生相互作用,从而间接导致 DNA 发生改变。不管是哪一条途径,这种化学变化都能引起有害的生物效应,导致出现癌症或遗传基因缺陷。

各种电离辐射的一个非常重要的特性,就是它们都具有穿透物质的能力。某一类型的辐射所能穿行的深度随其能量的

第二军医大学出版社

增大而增加,能量相同但类型不同的辐射所能穿行的深度则互不相同。对于带电粒子(如 α 粒子与 β 粒子)来说,穿行深度还与其质量和电荷有关。当能量相同时,β 粒子穿行的深度远大于 α 粒子。α 粒子极少能穿透人皮肤的角质层,因此发射 α 粒子的放射性核素如果不被吸入、食入或是通过伤口进入人体,几乎没有危险的。β 粒子能穿透大约 1 cm 厚的组织,因此发射该粒子的放射性核素对于体表组织是较危险的,但对于内部器官来说,只要它没有进入人体,基本上也没有危险。对于间接电离的辐射(如 γ 射线和中子)来说,穿行的深度依赖于它们与组织发生互作用的性质。γ 射线能够穿过人体,因此发射 γ 射线的放射性核素,无论是在体内还是在体外都是相当危险的。

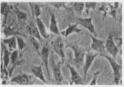

γ 射线导致的组织细胞病理变化

27. 急性放射病是怎么回事?

急性放射病(acute radiation disease)是机体在短时间内受到大剂量(>1 Gy)电离辐射照射引起的全身性疾病。外照射和内照射都可能发生急性放射病,但以外照射为主。外照射引起急性放射病的射线有 γ 射线、中子和 X 射线等。

1. 急性放射病发生的条件

(1)核战争 10^1 kt 以下核爆炸时的暴露和有屏蔽人员,10^1 kt 以上爆炸时的有屏蔽人员,在严重沾染区内通过和停留过久的人员,受到早期核辐射或放射性沾染的外照射,是发生大量急性放射病伤员的主要因素。

（2）平时　核辐射事故:全世界目前有430多座核电站在运行,新建的核电站还在不断增加,从20世纪50年代至今已发生过好几起事故。其中最大的一次是1986年切尔诺贝利核电站事故,发生了200多例急性放射病,死亡29人。各种类型辐射源在生产、医疗各个领域的应用日益广泛,由于使用或保管不当,各种类型的辐射事故已发生过数百起。我国自20世纪60年代以来也曾发生过多起辐射源事故,伤亡多人。

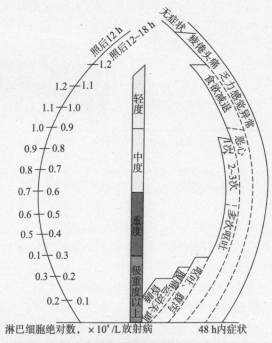

急性放射病的诊断图示

第二军医大学出版社

（3）医疗事故 放射性核素和辐射装置的医疗应用，也有可能发生医疗事故。如国外曾发生过误用过量放射性核素治疗病人而产生内照射急性放射性致死的事故，也曾发生过因辐射装置故障使病人受到过量照射的事故。

（4）治疗性照射 因治疗需要而给予病人大剂量照射，可造成治疗性急性放射病。如骨髓移植前常用大剂量（＞6 Gy）全身照射或全身淋巴结照射，作为骨髓移植前的预处理。

2. 急性放射病分型和分度

根据照射剂量大小、病理和临床过程的特点，急性放射病分为三型，即骨髓型、肠型和脑型。骨髓型又按伤情轻重分为四度。

3. 急性放射病症状和体征

放射病的症状有：疲劳、头昏、失眠、皮肤发红、溃疡、出血、脱发、呕吐、腹泻等。有时还会增加癌症、畸变、遗传性病变发生率，影响几代人的健康。一般来说，身体接受的辐射能量越多，其放射病症状越严重，致癌、致畸风险越大。

28. 急性放射病有救吗？

一个人在接受放射治疗或在事故中受射线照射后出现症状，应怀疑有射线损伤。检查机体功能障碍的方法很多，但现在用来诊断辐射损伤的特殊方法十分有限，病人的预后一般根据总剂量、剂量率以及在体内分布情况而定。反复进行血液和骨髓检查可了解损伤的严重性。

轻度骨髓型急性放射病可以不治自愈，中度和重度急性放射病也可以经救治痊愈。若出现脑型放射病或肠型放射病时，诊断比较明确，但预后很差。出现脑型放射病，常在几小时至几天内死亡；出现肠型放射病常在3～10天内死亡，虽然有的人能

存活几周;出现骨髓型放射病常在 8～50 天内死亡;也可能在
2～4 周间因严重感染或 3～6 周间因大出血导致死亡。

29. 皮肤放射损伤是怎么回事?

　　身体局部短时间内受到大剂量电离辐射或长期受到超剂
量当量限值的照射后,受照部位所发生的皮肤损伤称皮肤放射
损伤(radiation injury of skin)。

　　战时核爆炸后体表皮肤沾染大量放射性落下灰可引起皮
肤 β 射线损伤;也可由大剂量早期核辐射局部作用引起。平
时核反应堆、加速器、核燃料后处理等发生事故以及医疗超过
剂量照射事故,可发生皮肤放射损伤。

　　影响皮肤放射损伤的因素如下。

　　(1)射线的种类与剂量　电离辐射的种类不同,引起皮
肤损伤的程度和所需剂量也不同。电离密度较大,穿透能力
较小的 β 射线和软 X 线,大部分为皮肤浅层吸收,易引起皮肤
损伤。相反,电离密度较小,穿透能力较大的硬 X 线和 γ 射
线,易透过皮肤表层达深层组织,故引起体表皮肤损伤所需的
剂量就较大。

　　(2)剂量率与照射间隔　一般地说,剂量率愈大,照射间
隔时间愈短,皮肤的生物效应愈大,如用 ^{90}Sr β 射线照射大鼠
皮肤,当剂量率为 0.04 Gy/h,总剂量达 120 Gy 时,仅见皮肤
红斑反应;而当剂量率为 10 Gy/h,总剂量仅 60 Gy 时,则所有
受照射动物均产生干性脱屑,80% 受照射动物还产生湿性脱
屑,又如:一次对皮肤照射 20 Gy,经很短的潜伏期后,即发生
明显的损伤。如果总剂量同样是 20 Gy,按 1 Gy/d 分次照射,
则红斑也不发生。

第二军医大学出版社

（3）机体和皮肤的敏感性　不同年龄的皮肤对电离辐射的敏感性不同。儿童的皮肤较成年人敏感性高，60岁以上人的皮肤对电离辐射的反应性较低。女性皮肤比男性敏感，尤其在妊娠、月经期反应更明显。皮肤的基底细胞和毛囊细胞的敏感性较其他层细胞为高，一般认为，不同部位皮肤的敏感性亦有差异。其敏感程度排列如下：面部＞颈前＞腋窝＞四肢屈侧＞腹部。某些疾病如肾炎、心脏病、各种皮炎等可增加其敏感性。

（4）理化因素的影响　当皮肤由于寒冷、冻伤或受压迫等引起血循环不良时，对辐射的敏感性增加。热、光、紫外线以及引起充血的化学物质（如碘、酸、碱等），能提高皮肤对射线的敏感性。

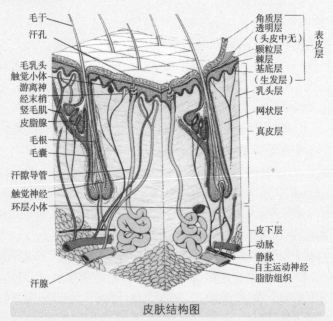

皮肤结构图

30. 皮肤放射损伤该如何处理?

　　照射范围内皮肤出现充血、水肿,严重者出现渗液和糜烂,病人疼痛难忍,不能入眠。如出现以上症状,首先应及时与医生联系,应给清洁消毒,清除皮肤表面的坏死组织,给庆大霉素溶液喷洒,用氧气吹干,用碘伏油纱布覆盖,外加纱布包扎,每 2 天换药一次,局部渗出较多时可及时更换。用此方法可减少病人局部暴露皮肤的干燥疼痛,效果显著,易于推广应用。

　　皮肤发生破溃流水是皮肤发生的较为严重的放射反应,是受照射区域皮肤细胞被损伤的速度超过正常皮肤细胞修复速度的结果。受照射几周后,多数皮肤反应会消除。所以患者可以用以下方法保护好被照射的皮肤:保持被照射皮肤清洁干燥;清洗时应注意勿用肥皂,也不要用力擦洗受照部位,毛巾要柔软,擦拭时应沾干;应穿柔软、宽敞的衣服,尤其是颈部、肩部和腋下不能过紧,头颈部可用柔软光滑丝绸巾保护;避免在阳光下暴晒,禁用热水袋;切忌手指抓搔皮肤,如果奇痒难忍,可用手掌轻轻拍击,也可扑些薄荷粉、痱子粉,既能止痒,又能使皮肤干燥;凡是潮湿不透风的部位,放疗引起的皮肤反应多较重,如腋窝、腹股沟等部位,在放疗中要经常保持干燥,注意通风。

　　对于皮肤红斑一般不做治疗,即可自然消退,应注意皮肤保护;干性皮炎也可不用药,完全恢复后,不留痕迹。严密观察或应用滑石粉、痱子粉、炉甘石洗剂,以收敛或止痒;对湿性皮炎采用暴露疗法,避免合并感染,可外涂抗生素油膏(康复新),保持干燥。一般小水疱不宜刺破,如皮肤糜烂时,每天局部可涂擦 2～3 次 1‰的龙胆紫;如出现皮肤深度烧伤多属治疗上的错误,往往难以愈合,应禁止再接触放射线,面积大时,往往需要切除,并行植皮修补。

31. 内照射损伤是怎么回事?

放射性核素经多种途径进入人体后,沉积于体内某些组织器官和系统引起的放射损伤称为内照射放射损伤(radiation injuries from internal exposure)。

内照射损伤在战时和平时均可发生。战时,放射性核素的内污染是由放射性落下灰(雨)进入人体内所致。平时,放射性核素的工业、农业、医学等领域中广泛的应用,若使用不当、防护不周或意外事故,均有可能造成内污染。

(1) 放射性核素进入体内的途径与吸收

核战争时的放射性落下灰和放射性战剂及平时污染于环境中的放射性核素,可通过食物、水和空气,经消化道、呼吸道、皮肤和伤口进入体内。

经消化道进入放射性核素可经过污染的手或饮用被污染的水、食物、药品等,也可通过食物链经消化道进入体内。放射性核素吸收率最高的是碱族元素(钠、钾、铯)和某些非金属元素(碘、碲),可达 90% 以上;其次是碱土族元素(锶、钡)为 10%～40%;镧系和锕系元素的吸收率最低,为 0.01%～0.1%。

经呼吸道进入放射性核素可以气态、气溶胶或微小粉尘的形式存在于空气中,气态放射性核素(氢、氙、氩)易经呼吸道黏膜或透过肺泡被吸收入血。粉尘或气溶胶态的放射性核素在呼吸道内的吸收决定于粒径大小及化合物性质。一般粒径愈大,附着在上呼吸道黏膜上愈多,进入肺泡内愈少,吸收率低。难溶性化合物在肺内溶解度很低,多被吞噬;而可溶性化合物则易被肺泡吸收入血。粒径大于 $1\ \mu m$ 者,大部分被阻滞在鼻咽部、气管和支气管内;粒径在 $0.01\sim1\ \mu m$ 的落下灰危害最大,大部分沉积在肺部(包括细支气管、肺泡管、肺泡、肺泡囊)。部分吸收入血,部分被吞噬细胞吞噬后滞留在肺内成为放射灶。沉积在鼻咽部,气管和支气管的放射性灰尘大部分通过咳痰排出体外或吞入胃内,仅少部分吸收入血。

经伤口和皮肤黏膜进入伤口和皮肤黏膜沾染放射性核素后,若不及时洗消,放射性核素将通过伤口和皮肤黏膜的渗透、吸收进入体内。

(2) 放射性核素进入体内后分布

放射性核素进入体内后,以两种方式参与体内的代谢过程;一种是参与体内稳定性核素的代谢过程,如放射性钠和碘参与体内稳定性 ^{23}Na 和 ^{127}I 的代谢;另一种是参与同族元素的代谢过程,如放射性核素 ^{90}Sr 和 ^{137}Cs 分别参与钙和钾的代谢过程。根据其在组织和器官中的代谢特点,可分为均匀性分布和选择性分布。

(3) 放射性核素进入体内后排出

放射性核素从体内排出的途径、速度和排出率与放射性核素的理化性质和代谢特点有关。进入体内的放射性物质可通过胃肠道、呼吸道、泌尿道以及汗腺、唾液腺和乳腺等途径从体内排出。沉积在体内的放射性核素自体内排出的速度以"有效半减期"(effective half-life, Te)表示。它是指体内放射

第二军医大学出版社

性核素沉积量经放射性衰变和生物排出使放射性活度减少一半所需要的时间。某放射性核素的有效半减期取决于该核素的物理半衰期（physical half-life，Tp）和生物半排期（biological half-life，Tb）。其相互关系以下式表示：

$$Te=\frac{Tp\times Tb}{Tp+Tb}$$

物理半衰期（Tp）：指该放射性核素自身衰变一半所需要的时间。

生物半排期（Tb）：指该放射性核素通过生物代谢排泄一半所需要的时间。

32. 内照射损伤该怎么处理？

控制内照射的基本原则是防止或减少放射性物质进入体内，对于放射性核素可能进入体内的途径要予以防范。损伤急救要在 3 天内进行，再迟则毫无效果。内照射损伤治疗治疗一般为促使已吸收的放射性核素排出。

1）除一般治疗和外照射放射病相同外，主要通过减少吸收和加速放射性核素的排除，关键是争取时间及时用药。

2）经胃肠道吸收的放射性核素，可通过催吐、洗胃、服沉淀剂、吸附剂、导泻剂等方法，减少胃肠道内的吸收。锶、钡、镭等二价放射性核素可用硫酸钡、磷酸二钙、氢氧化铝凝胶等沉淀剂或用吸附剂活性炭处理。褐藻酸钠有阻止锶、镭等放射性核素从肠胃道吸收的作用。

3）经呼吸道吸入放射性核素时，应及时用棉签拭去鼻腔内污染物,用1%麻黄素滴鼻,或鼻咽部喷入1∶1000肾上腺素使血管收缩,然后用生理盐水冲洗。也可用祛痰剂,使残留在呼吸道内的放射性核素随痰排出。

4) 已沾染的伤口可用生理盐水或3%肥皂水冲洗,必要时则需扩创。

5) 已进入体内的放射性核素,应及时选用合适的促排药物加速从体内的排出。氚进入人体后,在体内很快与水达到平衡,可通过大量饮水加速水代谢的方法,以加速氚的排出。

6) 伴有神经衰弱症候群和造血功能障碍等全身表现。靶器官的损害,因放射性核素种类而异,放射性碘引起甲状腺功能低下或甲状腺结节形成;镭、钚等亲骨性放射性核素,引起骨质疏松和病理性骨折;稀钍元素和以胶体形式进入体内放射性核素,引起网状内皮系统的损害。还可有类似外照射放射病的全身性表现,经综合分析,方能作出诊断。

33. 辐射可以导致癌症吗?

辐射,包括电离辐射以及非电离辐射,是人们在工作环境,甚至家室起居无时无刻不接触到的无形物质。人类常遇到的辐射有X射线、γ射线、α射线、β射线、宇宙射线、日光及紫外线、放射性核素等。它们已能为人类所利用,并在科学研究、工农业生产以及医疗卫生事业中做出巨大贡献。然而现已有不少证据表明,只要人们有意或无意地过多接触,可以增加多种肿瘤的发生率。

1945 年的 8 月 6 日,日本的广岛遭到了绰号为"小男孩"的原子弹的袭击,3 天后,长崎遭到了绰号为"胖子"的原子弹的轰炸。当场即将两座城市化为一片焦土,短期内死亡人数达 20 余万,而幸存者在事后的数年内,白血病、乳腺癌、肺癌、骨肉瘤、甲状腺癌、皮肤癌等的发病率明显地较其他地区高,而且发病率与原子弹爆炸时的放射暴露量成正比,而且根据资料载,至今广岛、长崎两市的肿瘤发生率与死亡率,仍比对照人群高得多。在白血病的类型中,主要是急性粒细胞白血病、慢性粒细胞白血病以及急性淋巴细胞白血病。其实,除了像原子弹爆炸外,大型核设施的事故引起核泄漏,也对人群的生命构成重大威胁,诸如 1979 年美国三哩岛压水堆核电站燃料元件损坏事故,以及 1986 年前苏联切尔诺贝利沸水堆核电站事故等,都导致大量放射物质外泄。据报道。除了当时工作人员因急性放射病死亡以外,目前受害人群中的肿瘤病发病率也比普通人群高。

大多数日本原子弹爆炸幸存者及研究过的其他受照人群,曾经在短时间内受到较高的剂量。这些人群的癌症发生率剂量与风险之间有线性关系。然而,在日常工作和生活中多数辐射照射涉及的是在较长的时间内受到的较低的剂量。对于这些低水平辐射,研究受照人群的癌症发生率并不能提供有关剂量与风险之间的关系的任何直接证据,一些放射生物学动物实验一直被解释成低辐射剂量并没有有害的效应,因为身体能成功地修复由此类照射引起的所有损伤,甚至被解释成低辐射剂量可以激发细胞修复机制,以致它们实际上有助于阻止癌症的发生。

实际上辐射引起的具体的某个人的癌症风险,还依赖于这个人受照射时的年龄和性别。近期的研究表明，个人的基因组成也能影响他们在受到照射后的癌症风险。某些家族的此种风险也许比别人的大，但目前我们只能列出很少几个这样的家族。不同职业群体的风险因子也不同，部分原因是由于不同的群体有不同的年龄分布。

34. 辐射可以导致遗传性疾病吗？

除了癌症，辐射的另一种主要晚期效应为遗传性疾病。像癌症一样，遗传性疾病的概率与剂量的大小有关。遗传性损伤起源于产生精细胞的睾丸或产生卵细胞的卵巢受到照射。电离辐射能导致这些细胞产生突变，最终可以在子孙后代中引起有害的效应。突变的发生是由单个生殖细胞中的 DNA 结构发生改变引起的，这个生殖细胞随后便携带着这种 DNA 中的遗传信息进入后代。照射可以导致的遗传性疾病的严重程度变化范围很大，从早期夭折和严重智力缺陷，到骨骼微不足道的异常和轻微的新陈代谢失调。

尽管环境中的天然辐射和其他介质也可以诱发突变，导致一些最常见的遗传性疾病发生。然而至今没有在人类后代中找到由于天然及人工辐射照射导致遗传性缺陷的确凿证据。特别是对原子弹爆炸幸存者的后代进行的大量研究，一直未能显示出遗传缺陷方面具有统计显著性的增加。

在动物身上，主要是在老鼠身上，已经做了大量的有关电离辐射诱发遗传性损伤的实验研究。实验所覆盖的剂量与剂量率范围都非常宽，结果清楚地表明电离辐射确实能诱发突变。这些资料可以作为人类遗传风险估算值的参考。

第二军医大学出版社

35. 怀孕期受照射会有什么危害?

当婴儿还在子宫中时就受到照射的后果值得特别关注。如果胚胎或是胎儿在器官形成期间受到辐射的照射,可能会引起发育缺陷,例如头部直径减小或是智力迟钝。对出生前受到照射的原子弹爆炸幸存者的研究表明,智力迟钝主要发生在受精后 8～15 周期间受到照射的胎儿。其剂量—响应关系的形式以及是否存在阈值的问题一直在争论。对最敏感的 8～15 周期间受到的照射而言,国际辐射防护委员会认为智商(IQ)的减少与剂量有直接的关系,没有阈值,大约每 Sv 的剂量损失 30 个 IQ 点。举例来说,如果胎儿在此期间受到 5 mSv 的照射,就会损失 0.15 个 IQ 点,这么小的值当然是很难察觉出来的。

胚胎或是胎儿受到高剂量就会引起死亡或整体畸形。这些效应的阈值在 0.1 Sv 与 1 Sv 或更高,具体数值取决于受孕的时间。出生前辐照同样能导致在童年时患恶性肿瘤的风险增加。

由于这些原因,怀孕妇女最好避免腹部接受 X 线诊断。除非此种诊断检查是必需的。对所有的育龄妇女来说,在不能肯定是否怀孕时,在月经周期初期进行骨盆部位的高剂量诊断检查较为安全,这时怀孕的可能性非常小。如果怀孕妇女在工作中涉及辐射,则必须采取专门的措施限制她们或许会受到的剂量,要注意未出生儿童的保护水平应与公众的保护水平相同。

36. 受内照射污染的哺乳期妇女应注意什么?

接受放射性核素诊疗的乳母乳汁中也具有放射活性,小儿通过母乳摄入后,由于婴儿时期肝、肾功能不健全,因此很容易受到损害。

例如由中华人民共和国卫生部提出影响哺乳期的放射性药物分类标准说明,凡施用下列放射性药物的哺乳妇女,应停止哺乳至少 3 星期。

除标记的邻碘马尿酸钠以外的所有 ^{131}I、^{125}I、I 放射性药物;^{22}Na、^{67}Ga、^{201}Ti、^{75}Se-蛋氨酸类放射性药物。

凡施用下列放射性药物的哺乳妇女,应停止哺乳至少 12 小时:^{131}I、^{125}I 和 ^{123}I 邻碘马尿酸钠;除标记的红细胞、磷酸盐和 DTPA 以外的所有的 ^{99}Tc 化合物。

凡施用 ^{99}Tc 红细胞、磷酸盐和 DTPA 类放射性药物的哺乳妇女,应停止哺乳至少 4 小时。凡施用 $^{51}Cr-EDTA$ 类放射性药物的哺乳妇女,不需要停止哺乳。

37. 放射性碘有什么危害,如何救治?

放射性碘已广泛地应用于核医学诊断,用于甲状腺、甲状腺癌转移灶或神经外胚层肿瘤的显像。在碘的放射性同位素中,碘-131 和碘-125 是毒性相对较大的放射性核素。进入血液中的放射性碘,约 70% 存在于血浆中,30% 很快转移到体内各组织器官内,呈高度不均匀分布,选择性地浓集于甲状腺,其浓度为血液中的几百倍至几千倍。所以,放射性碘对人体

第二军医大学出版社

的危害主要表现为甲状腺辐射损伤。总的来看,目前已有的研究资料尚不足以证明医用碘-131可造成病人远期全身特定部位肿瘤发生率或死亡率增高。

放射性碘是早期混合裂变产物中的主要成分之一,在核爆炸及反应堆事故时,它是早期污染环境的主要核素。核电站严重事故有可能向环境释放大量放射性碘。美国三厘岛事故中反应堆元件熔化使大量放射性核素释放出来,但均滞留在安全壳内,只是因操作失误,导致小量放射性碘释放到环境中。日本福岛核电站事故,同样存在放射性碘向外界的释放。

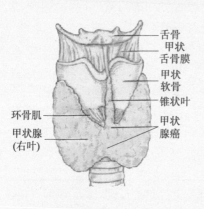

甲状腺解剖图(前面)

舌骨
甲状舌骨膜
甲状软骨
锥状叶
甲状腺癌
环骨肌
甲状腺(右叶)

如果是因为核事故造成大量放射性碘释放,就应该迅速服用稳定性碘剂以避免放射性碘对甲状腺损伤,若因为医学目的造成的放射性碘损伤则应由专业医生处理。

需要指出的是,放射性碘只是核武器和核电站等爆炸所释放的放射性物质的一部分,而核反应堆中存在有200多种放射性核素,服用碘剂只能防护放射性碘的危害,对防护放射性铯等其他放射性核素的危害是无效的,千万不要理解为只要服用了碘剂,就可以完全防护核电站事故的放射性污染危害,还必须采取其他防护措施。

另外,部分人员服用碘剂可能产生过敏反应(详见本书第

79 问），服用的时间应严格掌握，应该在人员受到放射性碘污染前数小时使用，提前 0.5～1 小时也足够发挥防护效果；受到放射性碘污染后数小时内使用，也有促进体内放射性碘排出体外的效果。没有放射性碘污染预警时，完全没必要使用碘剂，那样做不仅造成资源浪费，而且个别人还可能产生过敏反应。

38. 放射性锶有什么危害，如何救治？

放射性锶是元素锶的一种放射性同位素。符号 Sr，简写为 ^{90}Sr。已发现锶有 19 个放射性同位素。有实际意义的是锶-89 和锶-90。锶-90 是纯 β-衰变核素，β-射线的最大能量为 0.546 兆电子伏。半衰期为 28.5 年。3.7×10^7 贝可的锶-90 重 7.19×10^{-3} 毫克。锶 90 属高毒性核素，主要积集在骨骼内并很难排出，对人体造血系统及骨组织造成损伤，对人体的有效半减期约为 16 年，在人体中的最大容许积存量为 7.4×10^4 贝可。裂变产物中长半衰期的锶-90 和锶-89 的产额较高，它们分别属于高毒性和中毒性核素，锶-90 是放射性沉降物的重要组分之一。锶-90 和它的子体钇-90 都是纯 β-辐射体，可用于同位素电池、β 辐射源等，因此在工、农、医等领域都有重要用途。

对放射性锶的救治可参阅内照射放射损伤救治的一般原则，锶也能部分与乙二胺四乙酸、二亚乙基三胺五乙酸、柠檬酸等有机试剂生成络合物，利用这些络合物与其他金属离子的络合物的稳定性差异，可分离放射性锶和促排体内的放射性锶。但是总体而言，现有药物对放射性的促排效果并不理想，新的药物正在研制中。

第二军医大学出版社

锶-90是放射性沉降物中毒性最大的核素之一。因此，准确测定土壤、生物、食物、水等环境样品及血、尿中锶-90的含量，对研究锶-90的处置方法很有意义。

---

39. 放射性铀和钚有什么危害，如何救治？

铀原子序数92，原子量238.028 9，是最重要的核燃料，元素名源于纪念1781年发现的天王星。钚原子序数94，是人工放射性元素，元素名仿照铀、镎以冥王星命名。钚是继镎后第二个发现的超铀元素，钚-239是易裂变核素，是重要的核燃料；钚-238可用于制作同位素电池，广泛应用于宇宙飞船、人造卫星、极地气象站等的能源。钚属于极毒元素。

铀和钚都是放射性金属，可以放射出人眼看不见的射线，对人体造成的严重危害。其主要放出对人体内照射危害程度最大的α射线。α射线的射程短，一张纸就可以阻挡住。可集中在人体小范围内进行强烈的内照射，使小范围的肌体组织承受高度集中的辐射能而造成损伤。如在呼吸道器官中的α粒子的射程正好可以轰击到支气管上皮基底细胞核上，而造成严重的呼吸道疾病，乃至肺癌。

铀矿石照片

对放射性铀和钚的救治可参阅重金属中毒救治的一般原则，可用促排灵注射液（DTPA）。在内污染早期，肌内注射500 mg，一天1次，连续用3～5天，或采用吸入给药，剂量120 mg/天，连续7天，停药1周后还可重复数疗程。在内污染晚期，肌内注射

100～250 mg,每日 1 次,连续注射 7～10 天,或按吸入方案用药,必要时可重复数个疗程。

美国的原子弹实物

40. 什么是氡? 有什么危害?

物理学和化学家们在研究物质的放射性时发现,放射物质周围的空气也会变得具有放射性。19 世纪末科学家们发现了钍不断放出一种气态的放射性物质,并确定它是化学惰性的,并且具有较高的原子量。由于来自于钍,就称它为钍射气,后来人们发现钍射气是氡- 220,锕射气是氡- 219,Niton是氡- 222。

氡是地壳中放射性铀、镭和钍的蜕变产物,是一种惰性气体,由于氡是一种放射性元素,如果长期呼吸高浓度氡气,将会造成上呼吸道和肺伤害,甚至引发肺癌。氡为 19 种致癌物质之一。

在我国,已发现泥土房和窑洞中氡- 220 的浓度较高,并

第二军医大学出版社

氡是如何进入房间的

开始引起人们的关注。氡无所不在,遍布在我们的生活环境之中,而我们需要特别警惕的是室内的氡。室内的氡气可以来自地基下的土壤,也可来自各种建筑材料,或来自空气或用水。一般地下室、窑洞或土坯房子的氡气浓度较高,而通风不好也会导致氡气积累而使浓度升高。因此,为了减少氡及其子体的危害,要保持室内通风良好。此外,还可采取其他措施来降低氡浓度。

41. 什么是贫铀,有什么危害?

在1991年海湾战争期间及20世纪90年代围绕南斯拉夫分裂的冲突期间,都使用了贫铀(Du)弹。环境中天然存在着铀,它广布于地壳、淡水及海水中。因此,我们人人都在受着铀的同位素及其衰变产物的照射,所接受的剂量随当地情况的不同而变化很大。Du是铀燃料循环的副产品,在该循环天然铀进行富集处理,才能给核电站提供合适的燃料。之所以称作贫铀是因为其大部分^{235}U同位素被提走了,铀同位素的大部分衰变产物也被消除。

　　武器中的贫铀是密度很大的金属,可以增强武器的战斗性能。进入刚受到贫铀武器攻击坦克的军人,由吸入的蒸气和尘埃导致的辐射剂量很高,事后不久在相同的环境中受到照射接受的剂量降低近千倍。操作贫铀金属的接触剂量很小,主要来自β辐射,这种辐射穿透力不强。

　　铀与铅、镉一样,是重金属,对健康有不良作用,几乎所有的铀都能被体液缓慢溶解(如3种难溶性的氧化铀UO$_3$、UO$_2$和U$_3$O$_8$可分别在数天和数年内溶解)。一旦溶解,铀便能与生物分子发生反应,形成铀酰离子,发挥其

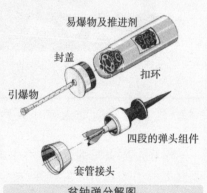

贫铀弹分解图

毒性作用。贫铀武器的危害主要是贫铀燃烧或爆炸形成气溶胶,造成环境和人员的污染。经吸入、食入和伤口吸收等途径进入体内,主要危害是其放射性毒性对所沉积组织,器官的内照射损伤,肺是主要损伤靶器官,严重时能导致肺癌。可溶性的贫铀进入体内后(吸入、食入、伤口吸收),主要危害是其重金属化学毒性造成多种损伤,肾是主要损伤靶器官。贫铀武

第二军医大学出版社

器的使用造成的环境辐射污染将给当地居民带来长期的健康影响,其远后效应主要包括致癌、遗传毒性和生殖发育障碍等。

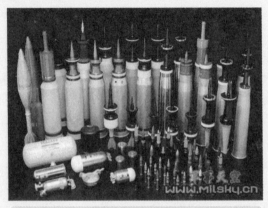

各种各样的贫铀弹

42. 低剂量辐射对人体一定有危害吗?

随着人类文明的发展、科学的进步,辐射问题越来越受到人们的重视。宇宙射线、核电站辐射、电器辐射、手机辐射,以及来自土壤、水、食物内的放射性物质,甚至人体内的钾也会产生辐射。来自多方面的辐射似乎织成了一个无形的"辐射巨网",将人类紧紧包围。但人们又不能因害怕辐射,就不吃、不喝、不用或不去享受生活。所以,辐射达到多大剂量才会对人体健康造成危害,这是人们想迫切知道的问题,也是世界各国科学家致力解决的难题。

对于高剂量辐射的危害,科学家已经有较为一致的意见：如果人一次受到 6 Gy 的辐射不经救治就会死亡，10 Gy 就会马上导致肠型放射病，而 1 Gy 虽然不会导致任何症状，却会伤害人的骨髓。但是对于低剂量辐射的危害，科学界至今尚无定论。为了测算低剂量辐射的危害程度，美国科学家目前采用的多是一种数学模式，即"线性-非临界剂量-反应模式"。根据这种模式，辐射剂量再小也不安全，人们得癌症或基因受到损害的危险随暴露于辐射的程度而增长。可是，这种模式是在较大剂量照射的条件下推导出来的，缺乏低剂量照射动物或人体试验的数据支撑。有人认为，辐射剂量应当有个"对人体健康不造成危害的"临界点。甚至有人认为，低剂量辐射实际上对人体有益，低剂量辐射会激活人体细胞的自然保护功能。最新的证据是，加拿大肺结核患者因多次接受 X 线检查，结果患乳腺癌的比例比预想的要低；美国核设施工人死亡率也比预想低得多。辐射是自然界的产物，也是人类社会的产物，随着全世界环保意识的增强，人们会为减少辐射危害而不断努力。

第二军医大学出版社

第三章

核与辐射突发事件及核恐怖活动

43. 常见的核与辐射突发事件有哪些?

核与辐射突发事件是指由于核设施、核武器和其他辐射装置的不正常或非正当运行与使用,对社会系统的基本价值和行为准则产生严重威胁,并需要立即对其做出关键决策的事件。从广义上讲,核与辐射突发事件包括一切以放射性危害为主要特征的重大事件,如核武器攻击、严重核电站(设施)或放射源事故、核潜艇失事等,但目前最受关注的是各种核与辐射恐怖活动及核电站事故。核与辐射恐怖是指恐怖势力为达到反社会、反国家和反人类的罪恶目的,以使用或威胁使用核武器,核散布装置,破坏或威胁破坏核设施为主要手段,造成社会恐慌或人员、财产损失,破坏国家安全的恐怖事件。

44. 什么是核武器?

核武器是一种具有大规模杀伤与破坏效应的,利用原子核自持发生的裂变反应或聚变反应瞬时释放巨大能量而产生爆炸作用的武器。核武器有两类，一类叫原子弹，是利用铀、钚等易裂变原子核的裂变反应（由重原子核分裂为较轻原子核的过程），瞬时释放巨大能量；另一类叫氢弹，是利用原子弹爆炸的能量点燃氘（氢-2）、氚（氢-3）等轻原子核发生的聚变反应（由轻原子核聚合成为较重原子核的过程），瞬时释放巨大能量，杀伤有生力量，破坏工程建筑和武器装备。

核爆蘑菇云

核武器爆炸可产生冲击波、光辐射、早期核辐射、放射性污染及电磁脉冲等多种杀伤作用。核武器爆炸释放的能量要比普通炸药爆炸大得多。核武器的威力通常以释放相同能量的黄色炸药（TNT）的质量来衡量，称 TNT 当量，也就是相当于多少吨 TNT 爆炸时的能量。按其威力可分为：千吨级、万吨级、十万吨级和百万吨级等。核武器爆炸时产生 4 种杀伤因素，即光辐射（又称热辐射）、冲击波、早期核辐射和放射性污染；前 3 种是在爆炸瞬间释放的，称为瞬时杀伤因素。

恐怖分子获得核武器有 2 种可能的途径：①偷盗或抢劫现有的核武器。但由于装配好的核武器肯定处于严密的守卫和监控之下，这种行为得逞的可能性几乎没有。②自己制造核武器，因受到核材料、设计制

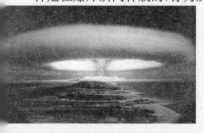

氢弹爆炸

第二军医大学出版社

造技术和工艺的限制,恐怖分子只能制造相对简单的临时拼装的核武器(又称粗糙核武器)。

45. 核武器爆炸有哪些主要杀伤因素?

核武器的杀伤破坏因素有光辐射、冲击波、早期核辐射、核电磁脉冲和核放射性沾染等5种。前4种是在核爆炸最初的几十秒产生的瞬时杀伤破坏因素。放射性沾染可以持续几个月、几年甚至更长的时间。

光辐射(又称热辐射)是爆炸时的闪光及高温火球辐射出来的强光和热。具有大量热能,直接照射无隐蔽人员会造成烧伤。如果用眼睛看核爆炸的火球,会造成眼底烧伤。在爆炸中心附近人员吸入被光辐射加热的空气,会造成呼吸道烧伤。光辐射能引起大面积火灾,烧坏物体,同时造成人员的间接烧伤。

冲击波是核爆炸时产生的高速、高压气浪。它对人员,物体能够造成挤压、抛掷作用,挤压作用造成严重内伤,如肺、胃、肝、脾出血破裂和骨折,冲击波可造成建筑物倒塌,人员间接伤害及堵塞交通。

早期核辐射(又贯穿辐射)是核武器所特有的一种杀伤破坏因素。形成早期核辐射是爆炸最初十几秒钟内放射出来的人眼看不见的射线。作用于人体时无特殊感觉,能破坏人的组织细胞,使人得急性放射病。早期核辐射能使光学玻璃变暗,胶卷曝光,化学药品失效,并能影响电子仪器性能。早期核辐射一方面能穿透各种物质,另一方面又会被各种物质削弱吸收。例如1 m厚的土层或0.7 m厚的钢筋混凝土能使早期核辐射削弱到原来的1%。

核电磁脉冲是爆炸瞬间产生的一种强电磁波。其作用半径可达几千米,对人员没有明显的杀伤作用,但能消除计算机上储存的信息,使自动控制系统失灵,家用电器受到干扰和破坏。

核爆炸后,蘑菇状烟云中含有大量放射性灰尘,当烟云随风扩散时,放射性烟尘因重力作用,逐渐降落到地面或其他物体上,形成一个很大的放射性沾染区。放射性沾染程度,不仅受气候象件的影响,同时也与爆炸方式有关,地爆时放射性沾染严重,沾染范围广,持续时间长。放射性灰尘能放出对人体有害的射线处于沾染区的人员,或在沾染区外接触了从沾染区撤出的受染人员和各种物品,会受到射线的体外照射,使皮肤灼伤。若受沾染的物质进入体内,其体内的照射对人员的伤害要比体外照射严重得多,因此应尽量防止由于呼吸和饮食造成放射性沾染。

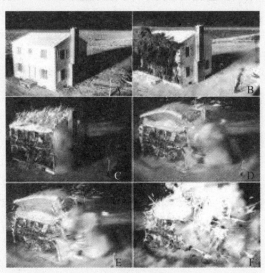

核爆现场房屋被摧毁过程

第二军医大学出版社

46. 核武器爆炸可致人体发生哪几种主要损伤?

(1) 光辐射烧伤　光辐射是核袭击时高温火球辐射出来的强光,包括紫外线、可见光和红外线。光辐射的释放呈2个阶段:①闪光阶段,持续时间很短,一般不致皮肤烧伤,但可能造成视力障碍。②火球阶段,持续时间相对较长,热效应强,破坏力大,人员烧伤主要发生在此阶段。光辐射对人员可造成直接烧伤,还可引起服装或其他物体燃烧,造成间接烧伤。人员皮肤烧伤时,轻者皮肤发红、灼痛,较重者起泡,破溃,严重时皮肤烧焦。人员直视火球时可造成眼底烧伤,其致伤半径要比皮肤烧伤大得多。此外,核恐怖袭击的闪光对人员的眼睛还会产生闪光盲,可引起视力下降和视物模糊等。闪光盲一般在几秒到几小时可自行恢复。

(2) 冲击伤　核袭击时,瞬间释放出巨大的能量,形成高温高压的火球。由于火球不断膨胀,急剧压缩周围的空气,并以很高速度向四周传播,便形成冲击波。它可直接或间接地造成人员损伤和物体的毁坏:直接造成人员脑震荡、骨折、肝脾破裂以及肺、心、胃、肠和耳鼓膜等损伤;同时由于工事、建筑物倒塌、破坏,以及刮起的沙石,可造成人员的间接损伤。冲击伤的特点:①伤情复杂,不仅有体表伤,而且有内脏损伤;②外轻内重,容易忽视伤情;③发展迅速,需及时救治。

(3) 急性放射病　早期核辐射是核袭击后最初十几秒钟内从火球和烟云中释放出的 γ 射线和中子流,是核袭击特有的杀伤破坏因素。γ 射线以光速传播;中子的传播速度可达每秒 20 000 km。早期核辐射看不见摸不着,但有较强的贯穿能力。

中子能使本来没有放射性的某些金属物质,如钠、钾、铝、锰、铁等产生放射性,即感生放射性。感生放射性是放射性沾染的主要来源之一。人员受到大剂量核辐射后,可引起急性放射病。急性放射病的轻重,主要取决于受照射剂量的大小。早期核辐射损伤的特点:①严重损伤比例高,占 60%～70%;②骨髓型急性放射病有明显的病程阶段性和"假愈期";③造成全身性损伤,症状复杂,救治难度大。中子射线对人体的损伤作用比 γ 射线更为严重,特别是消化系统和造血系统损伤更为明显。

（4）放射性沾染的致伤　核袭击时,核裂变碎片和未裂变核装料被高温熔化,并与尘柱物质和弹体物质混熔在一起,冷却过程中这些物质逐渐凝结成放射性微粒,在本身重力和风力的作用下,逐渐沉降到地面和物体表面,这些放射性微粒称为放射性落下灰,简称落下灰,从而造成空气、地面、露天水源、人员体表和各种物体表面的污染,称为放射性沾染。此外,落下灰还能通过呼吸或食入等途径进入人体内造成放射性内污染。放射性沾染主要以 3 种方式作用于人体,即:①γ 射线全身外照射;②皮肤沾染后受到的 β 粒子照射;③食入污染的食物、饮水以及吸入沾染的空气引起的体内照射。其中 γ 射线全身外照射的危害是主要的。此外,在沾染区活动的人员,如不采取防护措施,可能同时受到 3 种方式的复合照射。

47. 什么是核反应堆,主要用途是什么?

核反应堆(nuclear reactor)又称为原子反应堆或反应堆,是装配了核燃料,能维持可控自持链式核裂变反应的装置。指任何含有其核燃料按此种方式布置的结构,使得在无需补加中子源的条件下能在其中发生自持链式核裂变过程。更广泛的意义上讲,反应堆这一术语应覆盖裂变堆、聚变堆、裂变聚变混合堆,但一般情况下仅指裂变堆。

根据用途,核反应堆可以分为以下几种类型:①将中子束用于实验或利用中子束的核反应,包括研究堆、材料实验等。②生产放射性同位素的核反应堆。③生产核裂变物质的核反应堆,称为生产堆。④提供取暖、海水淡化、化工等用的热量的核反应堆,比如多目的堆。⑤为发电而发生热量的核反应,称为发电堆。⑥用于推进船舶、飞机、火箭等的核反应堆,称为推进堆。

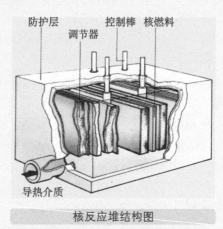

核反应堆结构图

48. 核电站的特点及工作原理是什么?

核电站与火电站一样,都是通过高温高压的蒸汽推动汽轮机,汽轮机再带动发电机发电的。核电站与火电站的不同点主要在于把水加热成蒸汽所需热量的来源不同。火电站通过燃烧煤粉产生热量,核电站通过核反应产生热量。

秦山核电站

49. 现在流行的核电站主要有哪些种类型?

（1）重水堆 冷却剂和慢化剂都是重水,但是慢化剂的重水浓度要求更纯。冷却剂系统和慢化剂系统是两个独立的系统。

（2）压水堆 又称轻水压水堆。冷却剂和慢化剂都是轻水,冷却剂系统和慢化剂系统合为一个系统。

重水反应堆芯

（3）沸水堆 又称

轻水沸水堆。冷却刘和慢化剂都是轻水,并且压力容器和蒸发器合为一体。所以和核燃料接触后的轻水变成蒸汽后直接推动汽轮机作功,省却了独立的蒸发器环节,效率更高,但也使汽轮机带有放射性。

63

50. 核电站的辐射防护主要防护哪些方面?

核电站内的辐射有 α 辐射,β 辐射,γ 辐射以及中子辐射。由辐射对人体危害的特性,在核电站中外辐射主要是防护 γ 辐射以及中子辐射。

安全壳内的防护主要是通过钢盘混凝土墙壁屏蔽实现。压力容器被安装在钢盘混凝土墙砌成的水池中,房间和走廊也建成迷宫式的,使得沿直线运动的中子和 γ 射线不能逃逸或穿透。

对人员的辐射防护主要是防止外照射及气体内照射。防止外照射可以穿铅衣,防止内照射可以气衣。气衣使人体与周围的环境隔离,并有专门的供气管线提供呼吸用空气。

51. 核电站正常工作状态下会有放射性排放物吗?

目前核能发电量占全球总发电量的 20%。在核设施的常规运行期间。放射性核素的释放量比较低,目前全世界每年的核能发电量约为 250 GW,因此每年的核能发电引起的集体剂量不大,所造成的个人剂量每年低于 1 μSv,这个增加的剂量还不到人类每年接受天然辐射的千分之一,也远远低于拍 1 次 X 光片所接受的剂量。因此,与煤炭和石油等火力发电相比,核电在核电站正常工作状态下被认为是"清洁、干净的能源"。但某些个人由于其居住地和食物等原因或许会接受较高的剂量,应当受到剂量约束值的控制。一旦发生了使当地受到明显污染的事故,则当地的剂量会明显高于剂量约束值,应采取适当的措施尽量减少公众所受的剂量。

在许多国家中,虽然向环境中排放放射性物质的问题现在已受到了严格的控制,但在过去尤其是冷战时期,当时的某些军用设施所采用的废物管理方法,对于现代化的民用设施而言当然是不可接受的。一个具体的例子是俄罗斯联邦车里雅宾斯克附近的马雅克设施,该工厂周围及捷恰河下游地区的污染水平非常高。某些当地人在其一生中可能会接受到很高的剂量(最高达到 1 Sv 甚至更高)。这种特殊情况目前已经是不存在了。

核电站外观图

52. 常见的核电站事故有哪几种?

核电厂事故指核电站发生了异常情况,造成放射性物质泄漏,使工作人员或公众受到超过正常剂量限值的照射。中国采用了国际原子能机构和经济合作与发展组织制订的核事件分级表。它把核设施(如核电厂)内发生的与安全有关的事件和事故分为 7 个等级。

表 事故等级

级别	说明	标准
7 级	特大事故	放射性物质大量外泄,可能有严重的健康影响和环境后果
6 级	严重事故	放射性物质大量外泄,可能需要全面实施当地的应急计划
5 级	具有场外风险的事故	堆芯严重损坏,放射性物质有限外泄,部分实施当地的应急计划
4 级	主要在设施内的事故	堆芯严重损坏,放射性物质少量外泄,对工作人员有严重健康影响,公众受到相当于规定的剂量限值量级的照射,一般不需要采取防护行动
3 级	重大事件	安全系统可能失去作用,放射性物质极少量外泄,现场产生高辐射场或污染,工作人员受过量照射,公众受到相当一小部分规定的剂量限值量级的照射,无需采取防护行动
2 级	事件	无厂内外放射性影响,但可能出现需要重新评价安全效能的后果
1 级	异常	安全措施系统偏离规定的功能范围

表 国际核能事件分级制度基本加构

等级	准则1	准则2	准则3
	厂外冲击程度	厂内冲击程度	安全防护衰减程度
7级 (最严重意外事故)	极大量放射物质外释放：造成广泛性环境的影响		
6级 (严重意外事故)	发生极类著放射性物质外释：造成广泛性环境的影响		
5级 (厂外意外事故)	有限度的放射性物质外释：造成众部分施行区域性聚急计划	严重的核心成放射性屏蔽毁损状态	
4级 (厂区意外事故)	轻微放射性物质外释：造成民众辐射暴露达规定限值程度	局部性核心成放射性屏蔽毁损的状态，工作人员有致命性暴露发生	
3级 (严重事件)	极小量之放射性物质外释：造成民众辐射暴露尚未达规定限值的程度	发生大量污染扩散及工作人员有辐射急性病发生	接近 发生事故状态，丧失安全防御功能程度
2级 (偶发事件)		重要污染扩散及人员超暴露状况	发生潜在安全影响的事件
2级 (异常警示)			发生功能上的偏差
0级 (未达报数)	无 安 全 顾 虑		

第二军医大学出版社

53. 切尔诺贝利核电站事故造成的健康危害是什么?

切尔诺贝利核电站事故造成周边及以外地区的公众的剂量来源主要是来自于地上的放射性核素的外照射、吸入的放射性碘引起的甲状腺剂量,以及食物中放射性核素引起的内照射。

事故后约有 10 多万人离开目前分别属于白俄罗斯、乌克兰和俄罗斯联邦的家园,许多地区则由于地面上放射性落下灰的水平较高而成了"限制区"。在切尔诺贝利反应堆的厂区及其周围涉及 75 万以上人口的广大地区,开展了大规模的清理工作。去污人员中的部分人接受的剂量超过了 ICRP 规定的 50 mSv 的剂量限值。

在切尔诺贝利邻近地区及其他地区还进行过全面的流行病学调查,试图发现可能由这起事故导致的健康效应。结果显示,到目前为止,辐射引起的唯一显著的效应发生于白俄罗斯和乌克兰地区的儿童中。他们由于摄入 ^{131}I(特别是通过饮用被碘污染了的牛奶摄入)而使甲状腺癌发生率上升。^{131}I 为短寿命放射性核素(半衰期为 8 天),易聚积在甲状腺中,使用监测数据和其他数据,可估算出儿童中的这种健康效应的风险因子。2000 年发表的关于切尔诺贝利事故的各种效应的综述性报告科学评估工作指出,在事故发生时受到照射的儿童中,已经出现了 1 800 例甲状腺癌。但对于绝大多数病例来说,这种癌是非致死性的。

在事故影响地区见到的其他的严重健康效应,似乎起因于由这起事故引起的紧张和焦虑。这些效应的性质与上述的甲状腺失调不同,但是在受到放射性落下灰影响的区域,包括整个欧洲,这种情况确实存在。例如在斯堪的纳维亚半岛,事故发生后最初几周内接受的剂量平均为 0.1 mSv,但是许多人主诉恶心、头痛、腹泻及皮肤长疹子。如此低的剂量不可能直接导致上述症状,显然是对辐射的强烈恐惧所致。

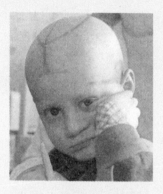

切尔诺贝利地区的儿童

54. 核电站事故一定会对公众产生危害吗?

电站的反应堆是在厚重的水泥墙包裹下,外面的辐射剂量很小,正常运行状况下公众没必要担心。小等级(4 级以下)的核电站事故,安全系统可能失去作用,放射性物质极少量外泄,现场产生高辐射场或污染,工作人员可能受过量照射,但公众受到相当一小部分规定的剂量限值量级的照射,不会对公众产生危害,无需采取防护行动。所以,并不是所有核电站事故一定会对公众产生危害。当核电站事故等级达到或超过 5 级时,应当对公众采取必要的防护措施。

第二军医大学出版社

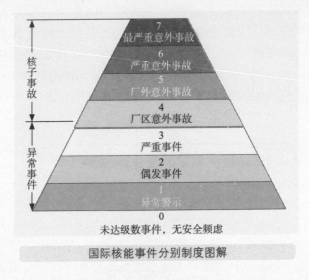

国际核能事件分别制度图解

55. 哪几种核电站事故会对人员产生危害?

只有发生高等级(4级以上)的核电站事故,较多放射性物质污染核电站周边环境,甚至大范围扩散时,才会对公众产生危害。在4级以上的核电站事故,堆芯严重损坏,放射性物质外泄,可能有严重的健康影响和环境后果,会对人员产生危害,需要全面实施当地的应急计划。

公众面对5级或5级以上核电站事故,应当保持冷静,要以科学的知识、科学的态度去正确对待,充分相信政府的判断能力和处置能力,按照上级应急计划采取相应防护行动。不能听信小道消息而产生恐慌,不能相信不负责任的媒体为产生新闻效应而夸大事故危害的报道,更不能听

70

信小道消息以讹传讹,以免对个人或集体产生不必要的经济损失。事先有预警的核电站危害事故(例如周边国家对日本福岛核电站爆炸事故),所有防护措施应当在政府指导下进行,如听信传言采用不科学方法反而自讨苦吃,曾发生过有人因不懂科学知识盲目地服用碘剂而发生过敏症状。

56. 日本福岛核电站事故发生的原因

(1) 抵抗地震能力较弱　核电站的选址要尽可能远离地震活动带和易发生地质灾害的地质构造环境,但是日本国土狭窄,可选择的余地小。该国资源相对匮乏,发展核电也是必然的选择。这次9.0级特大地震超出了原来设计的抗震最大为里氏7.0级安全标准。

事故现场卫星照片

第二军医大学出版社

（2）设备老化　福岛第一核电站1号机组有延长使用（20年）的说法。

（3）技术落后　福岛核电站使用的是老式冷却回路，不环保，安全系数低。

（4）安全设施不力　此次日本核电站特大地震发生后，首先是外部电网断电，继而发动机组出现故障，阀门失灵等。

57. 中国的核电分布

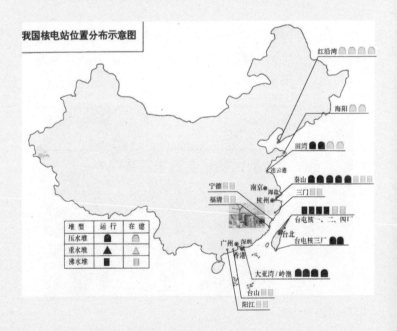

我国核电站位置分布示意图

58. 中国周边的核电分布

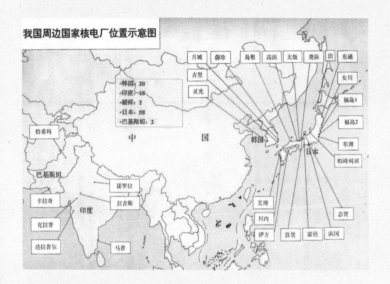

我国周边国家核电厂位置示意图

59. 原日本的放射性物质会到中国来吗?

微乎其微,不要担心。

1) 目前是冬季,日本盛行西风或西南风。进入大气的中放射性飘落太平洋,而不是靠近中国的东海、黄海。下图是空气中放射性物质飘落图。

2) 漂落到太平洋的放射性物质顺着洋流漂向美国,太平洋可稀释到忽略不计。

3) 此次福岛是停堆后发生的氢气爆炸,放射性物质主要

第二军医大学出版社

集中在低空对流层,下几场雨就洗去大部分。

4) 放射性物质不是微生物,不会繁殖,不会生长。而且相反,它们会随着时间延长而不断衰变掉。

5) 福岛电站 20 公里范围内的食物会受到污染,其它地方的食物即便有极微量的污染,也测不出来,对身体的伤害自然就不值一提。

60. 什么是辐照装置?

辐照装置常用辐射源有三大类:放射性同位素源、电子加速器和反应堆。辐照装置可依此分类。

(1) 放射性同位素源辐照装置 利用钴 60 (^{60}Co)或铯 137 (^{137}Cs)产生的具有强穿透能力的光子束进行各种辐照处理的设备,称为 γ 辐照装置或 γ 源装置。使用最普遍的 γ 放射源是^{60}Co 源,^{137}Cs 因其 γ 射线能量较低,所以在辐射处理工业中使用较少。

γ源装置可用于科学研究、医学、工业等。

（2）电子加速器辐照装置　电子加速器是利用电磁场获得高能电子射线或转变成X射线的装置。装置本身比较复杂，但相应防护设施比γ源的简单。电子束虽然射程短，穿透力差，但必须考虑到可能产生的X射线的危害。辐照物周围空气受辐照后，产生大量对人体有害的臭氧和氮的氧化物，故源室通常配有排气装置。

（3）反应堆辐射源装置　反应堆是一类有多种射线的大型辐射源，目前主要利用反应堆的中子源。多数反应堆泄漏中子可高达百分之十，泄漏的中子逸入屏蔽层内。选择某种工作介质做载体，令它经过堆芯活性区附近受中子轰击，产生短寿命放射性同位素，再由工作介质引出堆外，在衰变过程放出γ射线，即构成辐射循环回路。辐射回路提供了一种强γ辐射源，是辐射加工和基础研究的有效手段。

同位素辐照装置

61. 常见的辐照装置事故有哪些？

辐射事故通常是指放射源丢失、被盗、失控事故；或者放射性同位素和射线装置失控；或者由于违章操作导致人员受到异常照射的事故。

第二军医大学出版社

62. 密封放射源发生照射事故会对外界公众产生危害吗?

密封源是密封型放射源的简称,是指密封在包壳或紧密覆盖层里的放射性源。它的种类繁多,用途广泛,有 α 源、β 源、γ 源和中子源等。铯－137 就是一种 γ 源,它的半衰期为 30.174 年,在工农业生产中主要应用于料位计、核子秤、探伤机等。

放射源发出的电离辐射确实对人体的各个系统都会产生不同的影响。可造成白细胞及血小板减少,引起再生障碍性贫血;影响胎儿的发育,引起死胎、流产;影响生殖系统,造成暂时或永久性不育;大剂量的照射可引起死亡;远期影响可产生致癌作用,引起白血病等恶性肿瘤;引起遗传性疾病等。

但是密封放射源发生照射事故仅仅对现场工作人员造成伤害,对外界公众不会产生大的影响危害。

63. 河南杞县辐照装置卡源事故为什么会演变成重大社会事件?

2009 年 6 月 7 日凌晨 2 时,河南省开封市杞县一家企业辐照装置在运行中发生货物意外倒塌,压住了放射源保护罩,并使其发生倾斜,导致钴－60 放射源卡住,不能正常回到水井中的安全位置。6 月 14 日 15 时,辐照室内原辐照加工的辣椒粉由于放射源长时间照射,发生了升温自燃,随烟雾扩散在消防及环保部门采取灌注水等措施后,引燃物于当晚 24 时得到有效控制。经河南省辐射安全技术中心监测,附近环境未发现任何辐射污染现象。发生卡源时,辐照装置正处于工作状态,没有任何人员处于辐照室内,事件未造成人员误照和辐射伤害。按国家对辐照事故的分级管理规定,本次卡源不属于辐射事故,是辐射工作单位的运行事件。

当地居民恐慌逃离(新闻图片)

但是 2009 年 7 月 10 日之前,"辐射外泄"、"断子绝孙"、"核爆炸"等说法一直在杞县居民间传播,相当多的居民携家带口逃往外地。2009 年 7 月 12 日下午,开封市河南省有关部门召开新闻发布会,通报了辐照厂卡源故障出现以来的处置情况,通过加强舆论引导,在报纸、电视、网络等各种媒体讲清辐射源状态。进一步组织干部深入群众中,讲清真相,尽快恢复群众生产生活,确保社会秩序稳定。公安部门及时介入,迅速查明谣言起因,对造谣惑众者及时查清,依法处理,很快平息了这场事件。

事实说明缺乏及时、客观的信息透明,是导致这场事件的

第二军医大学出版社

根本原因,政府也没有及时辟谣,大家宁可信其有,不可信其无。一起并不复杂的事故,却演变成一次大规模的"逃难"事件。

64. 放射源丢失事故的危害是什么?

放射源发射出来的射线具有一定的能量,有相当的危害。一些源的半衰期长达 400 年,如果它们有 10 个半衰期,意味着其产生的辐射影响将长达 4 000 年,而一旦放射源的外层防护装置被破坏,对外界的危害将是永久性的。特别值得注意的是,常见的放射性铯遇水会发生剧烈爆炸。

但并不是一受到放射源照射就会引起严重疾病,影响辐射损伤的因素很多,其中照射剂量是影响辐射损伤的主要因素。一般情况下,人体一次或短时间受到小剂量的照射,不会出现明显的或可察觉的损伤。通常丢失源属于小型密封源。所谓小型密封源是指活度为 $3.7 \times 10^4 \sim 3.7 \times 10^{12}$ Bq 级的密封源。由于它辐射剂量较小,基本不会对人体造成永久性损伤,只有近距离、长时间接触,才可能造成可恢复的临时性损伤。

但是,由于放射源产生的电离辐射是看不见、摸不着的,一旦发生丢失或被盗,就会在社会引起恐慌,甚至骚乱,严重影响社会的稳定。其产生的危害结果要远远大于对人体本身的损害。

65. 民众捡到不明金属物应警惕什么,常见密封放射源的外观如何?

远离现场。既不要接触也不要擅自移动这些物品,更不要因为好奇而打开容器。应立即拨打环保热线:12369。

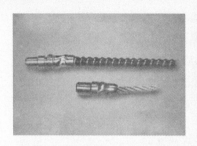

不要擅自处理不明金属物

66. 恐怖分子可能通过什么途径制造核与辐射恐怖事件?

直接散布放射性物质,指直接将容易扩散的放射性物质散布到水源、空气或食物中。而使用放射性散布装置是指常规炸药与放射性物质相结合的一种爆炸装置,通过常规炸药的爆炸使放射性物质广泛散布开,这种放射性装置也称肮脏炸弹或简称脏弹。

攻击破坏核设施或核活动,从地面或空中对核设施或核活动实施攻击,使包容在设施或容器内的放射性物质向环境释放。

爆炸粗糙的核武器,恐怖分子有可能通过非法手段(偷盗或进行非法交易)获得核材料用以制造较低

假想的"脏弹"爆炸

79

威力的粗糙核武器——也称临时制作的核武器。

上述 3 种途径中,直接散布放射性物质或使用放射性散布装置是恐怖分子比较容易实施的途径。

67. 什么是临时拼装的核武器?

临时拼装的核武器是指由恐怖分子为产生核爆炸而可能设计和制造的粗糙核武器。相对于现代核武器,这种临时拼装的核武器具有原理简单、结构不复杂、杀伤威力也相对较小(最多能达到 10 千吨量级)的特点,故称临时拼装的核武器或粗糙核武器。

制造核武器有三大关键:①掌握原理;②设计构型;③有足够的材料。对于恐怖分子而言,获取足够制作原子弹的核材料是十分困难的。由于核材料生产是一个庞大的连续生产过程,除了偷盗或非法走私外,恐怖分子是不可能自己制备核材料的。偷盗不需要动用国家的力量,走私临时拼装的核武器会躲过目标地区监测网的探测。高浓缩铀可能通过几种来源被恐怖分子所获得。美国和俄罗斯库存有大量多余的高浓缩铀和武器级钚,其他拥有核武器的国家也可能有少量库存这些核材料。所以,在当代武器科学相当普及的情况下,恐怖分子设计制造原理和结构都比较简单的小当量核武器是可能的,但要设计制造精密、高当量原子弹,缺乏政府的强大支持是绝对办不到的,这也包括其不具备进行隐蔽核试验的能力。

临时拼装的核武器属于小威力的核武器,根据专家的估计,恐怖分子制造的核武器,其威力一般不会超过千吨级

TNT当量水平。在城市环境中临时拼装的核武器爆炸会造成相当的混乱局面,伤亡人数取决于武器的威力、爆炸地点和环境条件。此时不仅人员伤亡数大,而且受伤人员同时受辐射照射、外伤、烧伤及其他损伤等复合作用,从而使伤情复杂化。爆炸的间接效应,如随后发生的火灾和放射性污染将会使应对灾害的能力受到影响,可能破坏或阻断正常的运输线路,妨碍接近受伤人员,严重的放射性污染会阻碍拯救行动。核武器的电磁效应可能中断通讯系统、供电网络,破坏计算机和其他技术设备。

由于临时拼装的核武器的威力变化范围大,考虑其爆炸对公众影响时不应只考虑辐射后果。还要注意爆炸可能带来大面积的放射性污染,此时需要采取类似于应对放射性散布事件的放射响应措施。

原子弹

68. 什么是放射性脏弹及放射性散布装置?

将常规炸药和放射性物质相结合的爆炸装置(脏弹)是恐

第二军医大学出版社

怖分子比较容易采用的放射性散布装置。也存在用其他机制来散布放射性物质的放射性散布装置，

　　尽管已经发生过多起无意识辐射危害的偷盗放射源事故，但试图恶意地使用放射源作为恐怖武器的情况目前几乎没有发生。自从 2001 年 9 月 11 日恐怖分子袭击美国以来，许多人分析了恐怖分子使用常规的爆炸物和偷来的放射源制造散布放射性的装置或称作"脏弹"的可能性。这样的"脏弹"并不是真正的核武器，它的爆炸并不是核爆炸，但有可能将放射性物质散布到大约 1 平方公里的范围内。尽管它有可能使少量的公众伤亡，但总体的辐射效应比较有限。放射性物质散布的面积越广，其浓度越稀，公众可能受到的剂量也就越低，但是有可能引发严重的社会混乱。制造这种装置的恐怖分子也可能受到较高的辐射剂量，甚至达到致命的程度。如果恐怖分子能够获得放射源并且置自己的安全于不顾的话，造出这种装置还是可能的。

　　恐怖分子制造广泛弥散的放射性散布事件，其目的是制造更大范围的恐怖影响，伤害更多的人。但这种恐怖事件的后果取决于所含的放射性物质的数量、常规炸药的爆炸威力及天气条件等。一般来说，其辐射后果仍然是有限的，但也不排除使用强的危险放射源的脏弹爆炸会对某些公众造成辐射损伤，甚至短期内死亡或长期的辐射影响（例如癌发病率增加）。不过，需要特别关注的仍然是因核与辐射敏感性，在较密集人群中造成的严重的心理恐慌、不安等心理社会影响。

　　在可能发生的各种核与辐射恐怖事件中，放射性散布事件发生的可能性是最大的。因为恐怖分子获取放射源或其他放

漫画"脏弹"

射性物质比较容易,而实施放射性散布事件也相对比较简单。据报道,有数百万枚放射源分布在世界各地,在我国也有放射源十余万枚。放射源管理中存在的安全隐患,特别是大量的闲置源、废弃源乃至失控源的存在,使得恐怖分子制作放射性散布装置具有更大的现实可能性。

69. 核与辐射恐怖事件的主要危害是什么?

核与辐射恐怖事件的主要危害一般来自放射性物质在环境中的弥散,它将造成环境(大气、水、地面、生态系统)的放射性污染,对公众产生辐射照射。这种照射可以是放射性物质的直接外照射(包括空气中放射性物质、地面沉积的放射性物质以及皮肤、衣服上的放射性物质的照射),也可以是通过吸入污染的空气或食入污染的水与食物引起的内照射。辐射照射对人体的危害(即其生物效应大小)将因人所受剂量大小而异。十分低的剂量下不会有急性效应发生。在强化人群不是很大的情况下,也观察不到癌症发病率增加这样的健康效应。随着受照剂量增大,受照人数增加,癌症发病率会有所增加。只有在剂量较高时,才可能出现某些急性的健康效应,在高剂量情况下可能导致急性放射病甚至死亡。

核与辐射恐怖事件带来的另一危害是造成重大的经济损

第二军医大学出版社

失,不仅是在对恐怖事件的响应过程中,而且包括事件后的环境整治、去污、恢复等过程。

核与辐射恐怖事件需要特别关注的另一主要危害是会造成严重的心理社会影响。由于人们对放射性的极度敏感性,往往可能导致公众心理影响造成的伤害比辐射对人体的伤害要严重得多。已发生的某些影响较大的核与辐射事故都证明了这点。

应对核与辐射恐怖事件演习(新闻图片)

70. 核设施遭受恐怖袭击后可能有什么后果?

恐怖分子以导弹、商用飞机攻击核电站用于储存使用过的核燃料的乏燃料水池,或通过内部破坏造成重大核事故,从而造成大量放射性物质的释放。其后果类同于重大核事故向环境释放大量放射性物质。放射性物质将通过烟云外照射、地面沉积外照射、吸入内照射、食入内照射,以及沉积于衣服、皮肤表面的放射性物质的外照射等照射途径危害人的健康。

各国已针对核电站事故做了充分的应急准备。一旦核电站出现重大核事故,将通过对公众迅速采取防护措施(如隐蔽、撤离、服用稳定碘等),避免出现严重的确定性效应及降低随机性效应的发生率。这些应急措施同样适用于核电站遭恐怖袭击出现的大量放射性物质向环境释放的应急响应。对恐怖袭击核电站的可能后果的研究正在开展中,但可以肯定其最坏后果不会超过切尔诺贝利核电站事故。

71. 利特维年科被什么神秘物质"射死"?

　　利特维年科曾供职于俄联邦安全局,因批评政府被开除后,于2000年到英国寻求政治避难,2006年10月获得英国公民身份。同年11月1日,利特维年科在伦敦市中心一家日本餐馆用餐后感到身体不适并入院治疗,11月23日不治身亡,死因不明。11月24日,英国卫生防护局宣布,他们在利特维年科尿液中检测到放射性元素钋-210。

　　英国警方随后宣布,利特维年科死于放射性元素钋中毒,属于谋杀案。此后,英国警方在利特维年科出入和可能出入的12处地点检测出钋-210。

　　案件发生后,英国外交部召见俄罗斯驻英大使,请求俄方在该案的调查中提供帮助。俄方表示可以协助调查,但反对将此事政治化,以免影响两国关系。

　　随着调查的不断深入,英警方将俄商人、特工出身的卢戈沃伊列为头号嫌疑人。英警方透露,利特维年科去年11月1日曾与卢戈沃伊等人在伦敦千年饭店的酒吧会面。英警方还在卢戈沃伊住过的旅馆房间和乘坐的飞机上都发现了钋-210痕迹。

第二军医大学出版社

第四章

遇到核与辐射突发事件该怎么办

72. 为什么说防范核与辐射恐怖事件的发生是可能的?

近来发生的一系列恐怖事件强化了人们的共生合作意识。各国都纷纷意识到,对安全的种种挑战相互牵连,通常仅通过国家政策是解决不了的,它需要整个国际社会齐心协力才能解决。为了打击国际核与辐射恐怖主义,加强国际合作,加强国际间的技术与情报交流是至关重要的。针对可能的核威胁,IAEA 根据成员国的提议和专家的意见,在 2001年 11 月理事会上提出了一份《防恐报告》,报告中认为国际核社会可以在以下几个方面为防恐做出努力:①成员国对所有可能的对核设施和核材料的威胁进行全面的评价;②为核设施、核材料及放射性物质的安全和保安建立国际标准,并在世界范围内实施;③在所有成员国间建立有效的实物保护系统;④改进核电厂抵御极端恐怖袭击的能力;⑤建立有效的国家核保障体系;⑥在所有成员国对辐射源进行有效的管理和控制;⑦对过境的放射性物质及核材料进行监测;

⑧建立有效的国际应急响应系统，以应付恶意袭击事件的发生。"9·11"事件对促进修订《实体保护公约》起到了积极的作用，原来的《实体保护公约》只涉及核材料的跨境运输，目前修约范围将扩大，从核材料的跨境运输扩展到国内的贮存、运输和使用，公约还将包括核设施的实体保卫。国际合作可全面形成一张核与辐射恐怖事件的防护网，有效地消灭国际核与辐射恐怖主义。

73. 一旦出现核与辐射突发事件，政府应该做什么？

一旦发生核和辐射突发事件，在政府的统一领导下，核应急机构、核应急协调组织组成部门以及与辐射事件应急相关的公安、环保等部门加强沟通与协调，建立并完善核与辐射突发事件卫生应急的信息沟通和工作协调机制。相关部门密切配合，有效开展卫生应急处置工作，组织开展应急医学救援、饮用水和食品的辐射监测，并根据情况提出保护公众健康的措施建议；主动参与核事故调查和健康效应评价，组织对受过量照射人员的医学跟踪随访。

组织好辐射突发事件卫生应急专家咨询组和卫生应急队伍，组织好医药物资储备和交通、通讯保障，加强专业人员和应急队伍突发事件应急处置能力。一旦发生核和辐射突发事件，要按照相关应急预案的规定和部门职责，组织专业力量，科学、规范、有序、有效地开展伤员救治、辐射监测和辐射防护等卫生应急工作。

第二军医大学出版社

74. 一旦出现核与辐射突发事件,公众应该做什么?

一旦出现核与辐射突发事件,公众必须做的第一件事是获取尽可能多的且可信的关于突发事件的信息,并了解政府部门的决定、通知。为此,应通过各种手段(电视、广播、电话)保持与地方政府的信息沟通,切记不可轻信谣言或小道信息,惟有来自政府相关部门的信息才是可信、可靠的。第二件事是按照地方政府的通知,迅速采取必要的保护自己的防护措施。包括如下措施。

1) 采取隐蔽措施以减少直接的外照射和污染空气的吸入。可以选用就近的建筑物进行隐蔽(当今的各种建筑物均具有隐蔽功能,地下室或高层建筑的隐蔽性能更好)。应关闭门窗,关闭通风设备(包括空调、风扇),同时要注意,当污染的空气过去后,迅速打开门窗和通风装置。

2) 根据地方政府的安排实施撤离。撤离一定要有组织、有秩序地进行,否则可能带来严重的负面作用(交通事故或安排不当会受到更高的照射)。

3) 当判断有放射性散布事件发生时,切记不能迎着风,也不能顺着风跑,应尽量往风向的侧面躲,并迅速进入建筑物内隐蔽。

4) 采取呼吸防护,包括用湿毛巾、衣物等捂住口鼻,过滤放射性粒子。

5) 若怀疑身体表面有放射性污染,应洗澡和更换衣服来减少放射性污染。

6) 防止食入污染的食品或水;是否需要控制当地的食品和饮水,听从当地卫生、环保部门的安排。

出现核与辐射恐怖事件,公众要特别注意保持心态平稳,避免惶恐不安。

75. 重要场所及人群聚集区发现疑似放射性物质应立即采取什么措施?

因为放射源发射出的射线看不见、闻不到、摸不着。识别放射源,发现放射源或疑似放射源物体时,除了根据标签、标识和包装以外,一定要由有经验的专业人员采用专用的仪器来确认。当发现无人管理的标有电离辐射标志物体,或者体积小却较重的金属罐(特别是铅罐),应该远离现场。既不要接触,也不要擅自移动这些物品,更不要因为好奇而打开容器;立即拨打环保举报热线:12369。

76. 到达现场的初始响应人员应如何保护自己?

一旦出现核与辐射突发事件,首先赶赴出事地点的应急救援人员是初始响应人员。在多数情况下他们应是辐射监测人员、消防人员、警察和医护人员等。对这些人员采取适当防护措施是十分重要的。

由于这些应急响应人员不大可能像一般放射工作人员那样受过系统的专业训练,因而需要采取必要的措施,以保障这些人员的受照危险减至最小。首先,要了解减少照射剂量的 3 个原则:①在有辐射的环境中停留的时间要小;②与放射源的间隔距离要大;③若有可能,要充分利用屏蔽防护。其次,要为他们配备能报警的辐射探测仪和个人剂量

第二军医大学出版社

计。同时,还要给他们配备必要的个人防护用具,例如,防护面具或口罩、防护服、防护靴和帽等,以减轻或防止放射性污染。

使用辐射探测仪的人员应接受必要的培训,内容包括仪器的特性、需要测量的量,以及相应于报警水平照射的辐射危险。在进入放射性污染场所时,初始报警水平可以取每小时0.1毫希沃特的环境剂量率,因为此水平明显高于天然辐射本底水平,可以避免出现假的测量值。此初始报警水平还可用于对非必要人员的控制,限制他们进入高于此初始报警水平的地区。对初始响应人员还必须建立第二个报警水平,即返回水平(又称转向水平),取环境剂量率每小时0.1希沃特或环境剂量0.1希沃特。非必须情况下初始响应人员不要在达到或超过此报警水平的位置执行任务。

控制参与应急行动工作人员所受的剂量不超过50毫希沃特,应事先将参与应急行动所要面临的健康危险清楚而全面地通知工作人员本人,并尽量根据采取的行动对他们进行培训。行动结束时应向有关工作人员通告他们所受的剂量和

根据实际情况使用防护面具

90

可能带来的健康危险。如果应急照射的工作人员所受的剂量超过 500 毫希有效剂量时,或者工作人员自己提出要求避免再次受照时,则应认真听取专业医生的医学建议。

77. 什么情况下采取隐蔽措施,公众应注意什么?

在有较大量放射性物质向大气释放的突发事件的早期和中期,隐蔽是可采取的主要防护措施之一。在放射性物质释放时间较短的早期阶段,当烟云通过时吸入剂量往往比外照射剂量要大。大多数建筑物可使建筑物内的人员吸入剂量约降低一半,外空大气中放射性物质的量往往在几小时后迅速减少;隐蔽在室内也可减少外照射剂量,其效果视建筑物的类型与结构而定,建筑物越大,减弱的效果也越明显。砖墙建筑或大型商业建筑物,可将来自户外的外照射剂量降低至 1/10 或更小,但开放型或轻型建筑物的防护效果较差。隐蔽一段时间及烟云通过后,隐蔽体内空气中的放射性核素浓度会上升,此时进行通风是必要的,以便将空气中放射性浓度降低到相当于室外较清洁的水平。

隐蔽带来的风险和代价很小,而且绝大多数人员可在附近的建筑物内暂时隐蔽。但短时间内通知大量人员采取隐蔽措施也非易事,特别是事先没有预案的隐蔽,可引起社会秩序和公众心理等方面的问题。除了工业生产有可能短时间中断外,经济上的损失可能不大,因而一般认为隐蔽是一种困难和代价较小却有效的措施,在事件早期也较易实施,也有利于进一步采取措施。

第二军医大学出版社

78. 什么情况下需要采取个人防护措施,公众应注意什么?

个人防护措施主要是指人员呼吸道和体表的防护。当空气被放射性物质污染时,用简易方法(如用手帕、毛巾、布料等捂住口鼻)可使吸入放射性物质的剂量减少约 90%。但防护效果的大小与放射性物质理化状态、粒子分散度、防护材料特点及防护物(如口罩)周围的泄漏情况等因素有关。对人员体表的防护可用各种日常服装,包括帽子、头巾、雨衣、手套和靴子等。当人们开始隐蔽及由污染区撤离时,可使用这些简易的防护措施。简易个人防护措施一般不会引起伤害,花费的代价也小。但在进行呼吸道防护时,对有呼吸系统疾病或心脏病的人员可能造成不利影响。应对已受到或怀疑受到体表放射性污染的人员进行去污,方法简单,只要告诉有关人员用水淋浴,并将受污染的衣服、鞋、帽等脱下存放起来,直到以后有时间再进行监测或处理。不要因人员去污而延误撤离或避迁。

79. 什么情况下需要服用稳定性碘,应注意什么?

在接触放射性碘前几小时事先服用稳定性碘可有效阻断放射性碘在甲状腺内的沉积。如果在吸入放射性碘同时服用稳定性碘,则可阻断 90% 的放射性碘在甲状腺内沉积。但有效性随时间拖延而降低,在吸入放射性碘数小时内服用稳定性碘,仍可使甲状腺吸收放射性碘的量降低 50% 左右。

服用稳定性碘一般常与隐蔽、撤离等措施同时进行。对成年人推荐的服用量为 100 毫克碘(相当于 130 毫克碘化钾或 170 毫克碘酸钾),对孕妇和 3～12 岁的儿童,服用量改为 50 毫克,3 岁以下儿童服用量 25 毫克。仅少数人可能出现过敏反应,对于饮食中明显缺碘的地区风险会有所增加;但从总体上讲,服用稳定性碘对年轻人所产生的不良反应相对较小,而对老年人则较高。

对妊娠期妇女,儿童和甲状腺疾患患者等不同的人群在服用稳定性碘时有不同的注意事项,应慎用或不用稳定性碘。若发生核事故时候应用非放射性碘作为放射性碘阻断剂药品预防,应按时服药,不要不吃,也不要多吃。

80. 什么情况下需要消除放射性污染,公众应注意什么?

去污既是防护措施,也是恢复措施,主要针对自然环境和恢复正常生活条件,包括对建筑物和土地去污和清污,尽可能地恢复到事故前的状况。去污的目的是为了减少来自地面沉积物的外照射,减少放射性物质向人体、动物体及食品的转移,降低放射性物质再悬浮和扩散的可能性。通常去污措施开始越早效率越高,这是因为随着时间的推移,由于物理和化学的作用,增加了污染表面对污染物的吸附。但推迟去污也有好处,因为由于放射性衰变和气候风化可使放射性水平降低,从而减少了去污人员的集体剂量,所需费用也可降低。

对上述两种使用情况的环境后果必须区别对待,有时还可以将污染区监控起来,让其经历长时间的自然作用而逐渐恢复,但对人口稠密的城市功能地区或旅游区等极具有经济

第二军医大学出版社

价值的区域,采取一些积极的措施更为适宜。

对公众来说,参与消除放射性污染的行动应在专业人员的指导下进行,在经过整治的环境中生活应遵守主管部门的规定。

消除放射性污染

81. 怎么知道自己的房屋和其他财产受到放射性污染?

在疑有或确有核与辐射突发事件发生的初期,政府主管部将快速组织现场的监测和评价,以判断放射性污染的性质、实际的污染水平及范围,用以指导后续的应急行动中对应急响应人员的监护和伤员的救治。除了现场快速监测外,还会对预计的或已存的靶目标(包括房屋)采用现场采样及实验室测量的方法进行放射性监测。

公众可以借助于沟通程序与政府主管部门或媒体取得联系,获得自己关切的信息(包括自己房屋和其他财产的放射性污染情况),并按应急响应组织的要求决定应采取的措施。

检测放射污染

82. 核与辐射突发事件的情绪和心理治疗特点是什么?

对于涉及核与辐射的突发事件,由于以下 3 个因素而易引起人们的恐惧心理:①电离辐射看不见、摸不着;②广岛、长崎原子弹爆炸和切尔诺贝利核电站事故的历史阴影;③电离辐射引起的近期损伤和诱发的远期效应。针对这种心理社会问题,首先要贯彻预防的原则。需要在计划、组织、资源和培训等方面预先做好准备,使从事卫生与人道主义服务的专

第二军医大学出版社

业人员熟悉这类突发事件的前因后果。发生这类事件后有些人员出现愤怒和责难是可以理解的,这些情感的初始焦点会集中到肇事者身上,随着事件内幕的揭开,人们的愤怒或许会转移到其他地方。为了获得公众的信任,对社区有影响的措施要通过公开的方式进行决策,坦率地说明决定背后的论据以及实施方案。

对于受到心理打击的受害者,可以采取一些对内心有安抚作用的方法来解除精神紧张,有的受灾者可能会出现某些不良行为,可能还有一些人出现失态的表现。心理学家必须根据病人的具体情况,采取有针对性的心理治疗方法。患者的家属和相关的人员应及时为有这些表现的人员安排心理治疗。

灾害发生后,有些特征人群或称亚群易受到较大的心理影响,这些高危人群包括一般公众,如儿童、孕妇、年轻母亲、老人和残疾人,以及在极端条件下致力于应急响应的工作人员和从事恢复清除工作的人员。

儿童是一个特殊的易受伤害的亚群。灾难和紧急事件常导致儿童不同程度的创伤,影响他们的健康发育,也造成他们的心理伤害。越小的儿童越脆弱,因为他们还未形成有效的应对机制。对老人和残疾人而言,他们的活动能力有限,在突发事件后;他们的心理伤害会高于一般群体。在核与辐射突发事件后,孕妇将面临额外的压力,可能需要考虑是否流产以防止生下畸形婴儿,研究已经发现,带孩子的中青年母亲的心理效应要比一般居民大得多,妇女在社会结构中属于脆弱的部分。所有这些情况要求相关部门对儿童、老人、残疾人、孕妇和带孩子的中青年母亲这些弱势群体给予特别的关注。

83. 核电站事故采取的防护对策有哪些?

发生核电站事故时,采取措施以减少事故发生地附近居民的受照剂量是必需的。可采取的防护对策各色各样。有可能仅采取一种对策,也可能采取多种对策的组合。其中的应急措施有必要在放射性物质实际释放之前就启动,而不是等到探测到放射性泄漏后才做出决定。

事故发生后,可以建议公众待在家里或干脆离开家园,直到放射性烟云飘过本地上空或工厂已经停止释放为止。人们可以服用非放射性的碘片,以阻止放射性碘进入甲状腺。也许还需要采取暂时禁止销售当地产的牛奶、蔬菜及其他食品的限制措施。放射性烟云飘过之后,或许要采取一些简单的防护对策,如冲洗道路和小径以及剪除花园中的草,以除去物体表面的放射性。

拥有核装置的国家及可能会受到邻国境内发生的事故影响的其他许多国家,应备有精心制定并反复演练过的应对核紧急情况的预案。每一座核设施的所在地都应该有应急预案,并要让当地的公众知晓。

应急防护

第二军医大学出版社

该预案必然会涉及营运单位的职工、当地政府机构及应急服务部门。国家的政府部门及相关机构必须参与,每个部门均应配备放射防护设备和专门人才。

典型的应急预案设想的事件序列大致如下:在事故的早期阶段,营运者要将保护公众的措施通知公安部门。立即在距事故发生地一定距离的地方设立协调中心,各相关部门的负责人和技术顾问将在该中心就保护公众的行动做出决定。此类行动除了相应的防护对策外,还包括环境监测。还要向新闻媒体发布信息。

84. 核与辐射突发事件的时间阶段是怎么划分的?

为了有针对性地采取保护公众的防护措施,参照核电厂重大事故时间阶段的划分,将核与辐射突发事件的时间阶段划分为早期、中期和晚期。

早期从突发事件开始,可能延续几小时到几天的时间。该时段特点是事件发生,并持续伴随有放射性物质的环境释放,主要照射途径是吸入和烟云中放射性物质的外照射,隐蔽、撤离、呼吸防护等可能是需要采取的主要防护措施。在核武器爆炸的情况下,爆炸的直接作用将是产生人员伤亡的主要原因。

中期是指事件得到控制后几天到几个月的时间。该时段的主要特点是不可控制的大气释放已停止,主要的照射途径是沉积于地面的放射性物质引起的地面沉积外照射、再悬浮物质(指因各种原因而悬浮于空气中的地面放射性污染)的吸入内照射和食入污染食品的内照射,需要采取的防护措施可能包括搬迁或食物控制。

晚期也称恢复期,可能持续几个月到几年的时间。该时段的特点是长寿命放射性核素已进入环境和食物链中,而且已取得大量的环境监测结果,主要任务是采取恢复行动,使受影响地区恢复正常生活,该时段食入和吸入再悬浮物质的影响可能是主要的。晚期的时间长短,取决于环境放射性污染的清除程度。

核辐射事件发生后监测

85. 核与辐射突发事件早期的防护措施是什么?

有较大量放射性物质向大气释放后早期(1～2天内)对人员可采用的防护措施有:隐蔽、呼吸道防护、服用稳定性碘等防护药物、撤离、控制进出口通路等。这些措施对来自烟云中放射性核素的外照射,由烟云中放射性核素所致的体内污染均有防护效果。呼吸道防护,使用口罩或毛巾捂住鼻子,可防止或减少吸入烟云中放射性核素所致的体内污染。服用稳定性碘可防

第二军医大学出版社

止或减少烟云中放射性碘进入人体内后在甲状腺内的沉积。

依据照射途径的不同,可采用不同的方法来减少放射性物质进入人体内的量。为防止放射性微尘的吸入,首先应避免扬尘使近地面空气再度污染,如人员步行、车辆行驶或土工作业时,均应注意尽量减少扬尘。确实难以避免时则可采取加大车距、改变通过路线等方法避开多尘的地点,适当浇湿地面也可减少扬尘。车辆和房屋本身均有不同程度的密闭性能,可大大减少车内或房内空气污染程度。据测试,位于近距离落下灰沉降区的试验民房,仅关闭门窗可使室内空气污染程度降为室外的1/180～1/20。对于放射性微尘用口罩就可以取得较满意的效果。

86. 核与辐射突发事件中期的防护措施是什么?

在事件中期阶段,已有相当大量的放射性物质沉积于地面,有时放射性物质还可能会继续向大气释放。此时,对个人而言除了可考虑中止呼吸道防护外,其他的早期防护措施可继续采取。为避免长时间停留而受到过高的累积剂量,主管部门可有控制和有计划地将人群由污染区向外搬迁——避迁。还应考虑限制当地生产或储存的食品和饮用水的销售和消费。控制食品和饮用水带来的风险要比避迁小得多。根据这个时期人员照射途径的特点,可采取的防护措施还有:在畜牧业中使用储存饲料,对人员体表去污,对伤病员救治等。

87. 核与辐射突发事件晚期的防护措施是什么?

在事故晚期(恢复期)做出防护措施决定所面临的问题

是：在早期、中期阶段已采取防护措施的地区是否和何时可以恢复社会正常生活；是否需要进一步采取防护措施。做出允许恢复正常生活秩序的决定，其影响因素是多方面的，如受影响地区进行活动的特点、避迁人群的大小、季节和时令、除污染工作的难易程度，以及人们对返回家园的态度。是否继续采取某项措施，或者是否进一步采取其他防护行动，均须由主管部门进行评估和做代价利益的分析。

88. 防止新"杞人忧天"故事重演的主要措施是什么？

河南杞县上演了一出现代版的"杞人忧天"。2009 年 6 月 7 日，开封杞县利民辐照厂完成辐照辣椒粉作业后进行降源时，发现放射源无法降入放射源井内，造成卡源故障。一个月后，一则题为《开封杞县钴 60 泄漏》的帖子在网络流传，称钴-60 是一种穿透力极强的核辐射元素，表示"到目前为止杞县人民政府仍未向周边居民说明任何关于此次钴- 60 泄漏事件的情况"。帖子随即引起网民关注，并引发了各种猜测和争议，造成了群众的恐慌。大量杞县群众开始离家到郑州等地躲避辐射。

其实，这次民众恐慌和当年忧天的杞人还是不一样的。当年杞人恐惧的是天灾，现在群众恐惧的是"人祸"。当年杞人的忧虑是一个人的事，现在恐慌的是一个庞大的人群。杞县人的恐慌也不是空穴来风，防止新"杞人忧天"故事重演的主要措施应该如下：

1) 公众知情权得到应有尊重。辐射源无法正常放进本应放进的放射源井本来是一起运行装置的卡源事件。然而开

第二军医大学出版社

始当地政府却没有对事件原因及处理情况进行任何通报。直到 2009 年 7 月 10 日网上有了消息,当地政府才仓促出来辟谣。这无疑更加引起民众恐慌。如果事情发生后,当地政府第一时间通报事故状况并告知民众事故真相及处置措施,民众的恐慌就不会发生,也就不会有各种版本的谣言流传。

2)加强公众科普知识教育。辐照加工使用的放射源本身很难发生燃烧和爆炸,非恐怖袭击也无法导致辐照厂放射源泄漏,对辐照室外及附近周边居民根本不会伤害。懂得这些常识也就不会人云亦云,造成巨大的群体效应了。

89. 在核与辐射突发事件现场伴有外伤应如何自救、互救?

严重的核与辐射突发事件,既可发生放射损伤(包括全身外照射损伤、体表放射损伤和体内放射性污染),也可发生各种非放射损伤(如烧伤、创伤、冲击伤)和放射性复合伤。在实施现场救护任务的应急救护人员到达以前,现场公众组织及时的自救、互救不仅能使伤员得到及时救治,而且也能保证大部分医疗抢救力量优先抢救重伤员,从而提高现场的抢救率。参照核武器杀伤区抢救工作的经验,伴有爆炸的核与辐射突发事件现场公众的自救、互救,根据不同情况可进行以下抢救任务:①挖掘被掩埋的伤员;②灭火和使伤员脱离火灾区;③简易止血;④简易包扎或遮盖创面;⑤简易固定骨折;⑥清除口鼻内泥沙,对昏迷伤员将舌拉出以防窒息;⑦给伤员服用随身携带的药品(如止痛药);⑧简易除污染;⑨护送伤员等。接着按我国现行的三级医疗救治体系进行现场医疗救治,其主要任务是发现和救出伤员、对伤员进行初步医学处理,抢救需紧急处理的危重伤员。

90. 什么是核与辐射伤员的分级救治?

核事故现场伤员的抢救,遵循分级救治并坚持先重后轻和快抢、快救、快送的原则,尽快将伤员撤离核核事故现场。只有根据其损伤程度和各期不同的特点及实际条件,积极采用现场救治、早期治疗和专科治疗的分级救治措施,使之得到及时、有效、合理的救治。

(1)现场救治

根据受照人员的初期症状和外周血淋巴细胞绝对数等迅速估计伤情。伤员受照剂量<0.1 Gy者只作一般医学检查;受照剂量>0.25 Gy者应予对症治疗;受照剂量>0.5 Gy应住院观察,并予及时治疗;受照剂量>1 Gy者,必须住院严密观察和治疗。中度以上放射损伤者应尽早口服抗放药523片30 mg,有初期反应者应及时给予对症处理。外照射急性放射病病人,应根据 GB8281—1997《外照射急性放射病的诊断标准及处理原则》采取综合性治疗。除了受核辐射损伤外,如果伤员还合并有冲击伤、烧伤等损伤,则应同时按照冲击伤、烧伤等相应的处理方法进行自救互救。

(2)早期治疗

早期治疗由核事故地区附近的早期治疗机构组织实施。伤员体表放射性沾染超过控制水平者,应进行全身洗消。食入放射性物质者,在口服碘化钾片的基础上,应及时进行催吐或洗胃等。漏服抗放药523片、碘化钾片的伤员,应及时补

第二军医大学出版社

服;因严重呕吐不能口服 523 片的伤员,应及早肌内注射抗放药 500 一次,10 mg。初步诊断为中度以上急性放射病者,在应用 523 或 500 的基础上,再口服抗放药 408 片 300 mg,并给予对症处理。重度以上急性放射病伤员,静脉滴注低分子右旋糖酐,伤情偏重者,预防性使用抗生素等药物。早期治疗机构留治轻度骨髓型急性放射病和不宜后送的放射病伤员。

(3)专科治疗

急性放射病专科治疗,通常由专科医院或综合性医院相应的专科来组织实施。

91. 放射性污染的伤员是否可在普通医院治疗?

放射性污染(无论是体表污染或体内污染)均不会立即危及生命,因此放射性污染评价或去污绝不能先于医疗救治。对受污染和受伤病人医学处理顺序按其重要性排序如下:急救和复苏,稳定病情,治疗严重损伤,防止或减少体内污染,评价体表污染并去污,治疗其他不太严重的损伤,防止治疗区域和其他人员受到污染,尽量减少对医护人员的外照射,评价和治疗体内污染,评价局部辐射损伤或放射烧伤,对严重辐射伤员进行长期、全面的随访观察等。

一旦接到发生事故的通知,医院应立即启动响应计划。承担救治任务的医疗单位可在已有的基础上为接受放射性污染的病人设置随时可启用的专用通道,直接通向放射性污染处理室;设置无菌手术室,开展常规手术;建立处理体外放射性污染并防止放射性污染扩散的设施等。

在普通医院,可对以下辐射损伤伤员进行观察和治疗:

伤情不重的局部照射或全身照射的伤员,不伴其他伤情的轻度体表污染的伤员,无直接后果的仅摄入少量放射性物质的病人。对中度或重度急性放射病、伴有严重复合伤的体表污染或体内污染的病人,则须有专家指导救治或转送专科治疗中心。

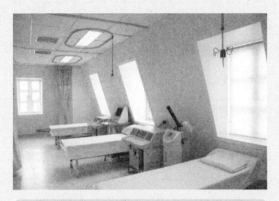

重度放射性污染病人应该由专科医院救治

第二军医大学出版社

第五章

日常核与辐射卫生防护相关问题

92. 辐射防护总的原则是什么?

对于一切可以增加辐射照射的人类活动(或称作实践),ICRP 提出了以三项基本要求为基础的辐射防护体系。每一项要求都涉及社会方面的考虑(前两项比较明显,第三项则比较含蓄),因此需要大量使用判断。

(1)实践的正当化 对于伴有辐射照射的任何实践,只有在该实践给受照个人或社会带来的利益至少足以弥补它所引起的辐射危害时,才可实施。

(2)辐射防护最优化 就实践中的任何特定辐射源而言,引起的个人剂量应低于相应的剂量约束值。为此,应采取一切合理的措施使人员得到保护,以便在考虑到经济和社会因素的条件下使照射保持在"可合理达到的尽量低水平"。

(3)适用个人剂量限值 任何个人受到照射的所有实践(医疗诊断或治疗除外)的剂量,应适用剂量限值。

该辐射防护基本原则被 IAEA 及其他五个国际组织共同

倡议和制订的《国际电离辐射防护和辐射源安全基本安全标准》认可。

93. 有哪些国际辐射防护组织?

全世界的电离辐射防护方案是非常一致的。这主要是因为存在着一个十分完善并得到国际认可的框架。

联合国原子辐射效应科学委员会(UNSCEAR)定期审查环境中使人群受到照射的天然的及人工的辐射来源、由这些来源引起的辐射照射,以及与这种照射相关的风险。UNSCEAR定期向联合国大会报告其研究结果。

国际放射防护委员会(ICRP)是一个非政府的科学组织,成立于1928年,它定期出版关于电离辐射防护的推荐书。它的权威性源自其成员单位的科学地位及其推荐书的价值。它给出的有关患致死癌症概率的估算值,主要以对日本原子弹爆炸幸存者的研究以及UNSCEAR之类团体的评估为基础。

国际原子能机构(IAEA)的法定职能之一是制定安全标准,如情况合适,则与其他的相关国际组织合作制定。就辐射防护而言,它在很大程度上依赖于UNSCEAR及ICRP的工作。IAEA同样有责任应成员国的请求提供如何适用这些标准的帮助,帮助的机制包括提供咨询服务与培训等。

94. 什么是辐射防护实践的正当化?

在辐射防护领域"实践"是指涉及有目的地使用辐射的那些活动。此类使用有明确的界限,并且是能够控制的。尽管

第二军医大学出版社

当人们在家中或工作场所受到较高水平的氡的照射时可以进行适当的干预。但总的说来是没有办法可以减小天然辐射所导致的正常水平的剂量。

证明辐射防护体系正当性的过程中需要考虑的问题远远超过放射防护的范围,例如核电的论证过程。核电的放射学后果包括向环境排放放射性物质以及从事核工业的工作人员受到照射。此外还要涉及发生核反应堆事故的可能性。甚至还需要考虑铀矿工人受到照射和矿山发生事故,比较其他替代方法发电(例如用煤发电)的后果。用煤发电会产生大量的废物及释放使温室效应更加严重的废气。燃煤电站还排放有毒物质和天然放射性物质,煤矿工人易患职业病,并有可能发生矿难。全面的分析还需要考虑以下一些战略的和经济的因素:多样性、安全性、可获得性和各种燃料的储量、各类电站的建造和运行费用、预计的电力需求以及人们从事特殊行业的意愿。

将辐射用于医学诊断时同样需要正确地证明其正当性。但是医疗是否使用辐射主要基于临床的判断,因为医疗照射的目的是要使患者受益。尽管某些检查的个人剂量比较高,集体剂量一般也比较高,几乎没有人会质疑这种实践,认为它们毫无疑问能带

应用电离辐射应该有充分的
理由和防护标准

108

来利益。尽管如此,仍然需要对每项操作本身的价值进行判断。大规模的 X 射线筛选癌症项目所导致的癌症,可能比这种检查所能发现的癌症还多,因此显然是不可接受的。

95. 什么是辐射防护最优化?

应采取一切合理的措施使人员得到保护,不是不计成本追求防护效果,以便在考虑到经济和社会因素的条件下使照射保持在"可合理达到的尽量低水平"。在过去的 20 多年里,辐射防护最优化原则在全世界的影响逐渐增加。在大多数国家中,辐射工作人员的实际平均年剂量远低于 ICRP 推荐的 20 mSV(只有该值的 1/10 或更低)。有些工作人员受到的剂量是平均值的几倍,还有些工作人员受到的年剂量超过 20 mSv,但这些人只占总人数的很小一部分。

在大多数国家中,由引起照射的实践造成的公众个人年剂量一直低于 0.3 mSv,即低于 ICRP 推荐的公众的剂量约束值。给患者的医疗照射设置剂量约束值或指导水平也是合适的,其目的是明智地使剂量最小。有些常规的医学操作的剂量相当大(如几个 mSv),不同医院间的差别很大。采用指导水平能够提供一个使患者所受剂量减少的实用手段。

96. 什么是个人剂量限值?

关于辐射防护实践的第三项要求是通过强制使用严格的剂量限值,不让个人及其后代受到的危害达到不可接受的程度。《基本安全标准》规定的剂量限值,对于工作人员为每年

第二军医大学出版社

20 mSv(五年中平均，并且任何一年不超过 50 mSv)，对于公众成员为每年 5 mSv。共同倡议和制定辐射防护体系国际《基本安全标准》的国际组织有：联合国粮食及农业组织(FAO)，国际原子能机构(IAEA)，国际劳工组织(ILO)，经济合作与发展组织核能机构(OECD)，世界卫生组织(WHO)。

　　这些用有效剂量表示的基本限值，是用来控制发生概率很小的癌症及遗传性损害之类严重效应的发生率的。还有一些对单独器官的限值是为了保护眼睛、皮肤及四肢免受其他形式的伤害。但是需要了解的是，剂量限值并不是安全与不安全的分界线，例如工作人员与公众成员的剂量限值不同这一事实。这些限值不同是因为人们认为工作人员的风险比公众高一些是可接受的，公众成员所接受的风险则不是自愿的。另外还需要了解的是并不是限值以下作为放射防护中唯一的重要要求。与此相反，辐射防护中最重要的要求是把剂量保持在可合理达到的尽量低水平，当然在医疗实践中应该根据需要而定。

辐射剂量监测仪

97. 公众和职业人员年剂量当量限值是多少?

对从事放射线工作的人员来说,GB4792—84 放射卫生防护基本标准中,关于放射工作人员的剂量限制值是:为防止非随机效应,眼晶体≤150 mSv/a,a 为年的符号,其他单个组织或器官≤500 mSv/a。公众年剂量当量限值是职业人员年剂量当量限值的十分之一。

98. 哪些行业涉及职业照射?

许多行业都有电离辐射照射问题。除核工业外,制造与服务行业、国防领域、研究机构及大学中也常常使用人工辐射源。此外,医师和卫生专业人员也大量使用人工辐射源。联合国原子辐射效应科学委员会将引起职业照射的辐射源分为:核燃料循环、医学应用、工业应用、天然源、国防活动和其他六大类。1985—1989 年世界范围内从事人工辐射应用工作而接受监测的工作人员年平均约为 400 万人;其中从事医学应用的约占 55%,从事商用核燃料循环、辐射的工业应用和国防活动的分别约占 22%、14% 和 10%;他们的年均有效剂量依次是 0.40、2.88、0.92 和 0.64 毫希沃特。除了铀开采以外,在 20 世纪 80 年代后期全球约有近千万工作人员受到的天然辐射源的照射超过平均本底水平,这些人员中约 75% 是煤矿工人,另外是非煤矿的地下矿工(约 13%)、空勤人员(约 5%)和其他人员(约 6%)。

有些工人也受到他们所在工作环境中的天然辐射源的照

第二军医大学出版社

辐射警示标志

射,对于这样的环境需要采取措施进行监测与防护。工人们在矿井以及氡水平较高地区的普通房舍中受到氡的照射的情况就是这样。由于飞行高度所处的宇宙射线水平较高,因而在空中旅行也会受到较高剂量率的照射。尽管现在还不能确定用何种方式把空勤人员所受到的剂量降低,但有人认为应当对这些人所受到的剂量进行监测。

大多数在工作中会受到电离辐射照射的人都佩戴个人剂量监测器件(或称剂量计),诸如装在专用小盒内的一小块照相胶片或一些热释光材料。现在用于这种用途的电子器件也越来越多。这些器件能记录从外照射源射入人体的辐射,从而可以得出佩戴者受到的剂量的估计值。

99. X 射线检查和 CT 检查哪个辐射剂量大?

在常规的 X 射线检查中,从 X 光机出来的辐射会穿过患者的身体。X 射线不同程度地穿透肌肉及骨骼后,在照相胶片上产生身体内部结构的影像。在某些情况下,此类影像是依靠电子学的方法获得及处理的。

最常检查的身体部位是胸、四肢和牙齿,每个部位都大约占总检查次数的 25%。这些检查的剂量都相当低,例如,一次胸透只有 0.1 mSv;其他检查类型(例如,检查下脊柱)的有效剂量较高,因为对辐射比较敏感的器官及组织受到了较大的照射。使用钡灌肠法检查大肠下段会导致相当大的有效剂量,大约有 6 mSv,此种检查只占全部检查的 1%左右。

近年来,计算机断层扫描(CT)的应用增长得非常快。在发达国家中,它能占到所有放射诊断操作的将近 5%。CT 这种技术,是让扇形的 X 射线束围绕着患者旋转,探测器采集数据,然后利用计算机重建出断层图像,这种图像传递了高质量的诊断信息。然而接受辐射剂量高一个数量级以上。

CT 检查对医学诊断的集体剂量有显著的贡献,在某些国家里,它占据的份额超过 40%。大肠下段检查约占 10%,胸部检查约占 1%。从这些数据可以清楚地看出,几项相对而言

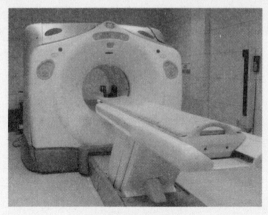

尽量减少 CT 检查

第二军医大学出版社

做得不多的检查给整个群体带来的剂量,要比比较常见的检查带来的剂量大得多。这就是为什么如果常规 X 射线检查对于健康诊断已经足够的话,就不需要再做 CT 检查的原因。

100. 临床放射诊断和治疗需要注意什么问题?

为了有效地杀死癌细胞,放射治疗肿瘤的吸收剂量需要达到几十 Gy。处方剂量一般为 20~60 Gy。授予的剂量必须相当精确,太低可以导致治疗不彻底,太高则可以引起不可接受的副作用。应确信设备的安装和维护良好,需要进行严格的质量保证工作,否则会产生非常严重的后果。1996 年,在哥斯达黎加由于放射治疗用束流的刻度错误,使得 100 多名患者受到了高于原计划的剂量。导致许多患者死亡或严重受伤。2001 年,在巴拿马由于输入治疗计划系统的数据有误,造成 28 名患者被过度照射,其中的几名患者死亡。

由于放射诊断得到了广泛的应用,集体剂量也就比较大,因此避免不必要的照射,并将必不可少的照射尽可能降低是非常重要的。决定是否开具 X 射线检查处方的过程,就是从患者能否获得最大利益的角度进行医疗判断的过程。患者受到的剂量应当在准确诊断的基础上尽量低。在儿科检查时,医师要特别谨慎地使用最小剂量。

使剂量最小的方法包括使用好的设备,即设备受到良好的维护、正确的调校和由经验丰富的工作人员操作,并在放射科内开展质量保证工作。质量保证工作中最基本的是上述的保养、调校和操作经第三方检查。

使用辐射剂量最小的放射检查

101. 防护 X 射线和 γ 射线应该用什么屏蔽材料?

　　X 射线是一种光子辐射,本质上是电磁波,有很强的穿透力。其波长为 $0.001 \sim 10$ nm。主要由原子内层轨道电子跃迁或高能电子减速时与物质的能量交换作用产生,实验室里常利用具有高真空度的 X 射线管来产生,这种 X 射线管管壁用玻璃或透明陶瓷制成,管内高真空可减少电子运动的阻力。阴极由钨灯丝制成,灯丝被 $3 \sim 4$ A 的电流加热后发出大量的热电子,电子经聚焦和 $5\,000 \sim 8\,000$ A 的电压加速后撞击阳极金属靶(Cu、Mo、Ni 等熔点高而导热性好的金属)时,电子猝然减速或停止运动,使大部分能量以热辐射形式耗散掉,少部分则以 X 射线的形式向外辐射产生 X 射线谱。

　　针对 X 射线的特点及能量范围,目前对低能 X 射线的屏蔽一般采用含铅玻璃、有机玻璃及橡胶等制品,但考虑到铅氧化物有一定的毒性,对环境也有污染,现在一般采用混凝土或纤维来防护 X 射线,该纤维是由聚丙烯及固体屏蔽剂混合制

115

备而成,其屏蔽效果比较理想。对高能 X 射线的屏蔽,现在比较流行的是采用树脂/纳米铅复合材料和树脂/纳米硫酸铅复合材料。

γ 射线与 X 射线一样,也是一种比紫外线波长短得多的电磁波。它可以通过重核裂变、裂变产物衰变、辐射俘获、非弹性散射、活化产物衰变等情形产生。其中裂变产生的 γ 射线由 ^{235}U 及类似重核裂变时产生,通常可以把裂变过程中释放的 γ 射线划分为 4 个时间间隔,第 1 和第 4 两个时间间隔的贡献占释放 γ 射线总能量的 90% 以上。

根据 γ 射线的特点和使用经验,用来屏蔽 γ 射线的材料是很多的,如水、土壤、岩石、铁矿石、混凝土、铁、铅、铅玻璃、铀以及钨、铅硼聚乙烯、含硼聚丙烯等。这些材料对 γ 射线的屏蔽效果各不相同,其中重金属对 γ 屏蔽最有效,而且具有体积小、总重量轻等优点,但是通常对 γ 射线具有良好减弱性能的材料也会因发生中子非弹性散射和辐射俘获而产生二次 γ 射线,此时次级辐射的产生也必须要考虑,可以在相应屏蔽材料中再加入一定量的铅,目的是屏蔽掉一次和二次 γ 射线。因为铅具有高的耐腐蚀性,能抵抗空气的氧化和酸的腐蚀,熔点低(327.4℃),在高温(260℃以上)下会发生蠕变,熔化浇注容易。而与铅相比,钨也是屏蔽 γ 射线的理想材料,但钨价格昂贵,使用成本较高。所以,实际工作中铅是使用频率最高、效果较理想的屏蔽 γ 射线的介质材料。

102. 防护中子应该用什么屏蔽材料?

产生自由中子的中子源设备很多,常见的有核反应堆中子源、加速器及同位素中子源。如热式反应堆中由热中子引起的^{235}U的每一次裂变大约发射出2.5个中子;某些情况下,放射性核发生衰变时也会紧跟着发射一个中子,这种中子通常称之为活化中子;α粒子与锂、铍、氧、硼、氟等元素的原子核发生相互作用也能产生中子。

中子由于不带电,不与原子核外的电子相互作用,只能与原子核相互作用。中子的质量与质子很接近,所以含氢量较高的石蜡、聚乙烯、聚丙烯等材料是优良的快中子慢化材料。石墨还是很好的反射材料,而含锂元素的氟化锂、溴化锂、氢氧化锂,含硼元素的氧化锂、硼酸和碳化硼等是优良的慢中子吸收物。如将这两种类型的快中子慢化材料和慢中子吸收物质微粉混合后使用,可得到具有优良的中低能中子屏蔽性能的新材料。所以通常用含硼聚乙烯、含硼聚丙烯等材料来屏蔽中子。

选择中子屏蔽材料时首先考虑的是对中子的减弱性能,其次才是对中子的吸收性能。通常对固定式反应堆和加速器的屏蔽,混凝土是最常用的辐射屏蔽材料,因为混凝土成分复杂、变化也很大,其骨料通常为铁或铁矿石、重晶石(硫酸钡)、钢粒、钢冲块、剪切成小段的钢筋或其他的金属填料,这些材料构成的混合物,经过适当配制和成行后,使混凝土具有最佳的结构和屏蔽性能。现在用得较多、反应良好的还有铅硼聚乙烯、含硼聚丙烯。其使用原理是利用聚乙烯中碳氢化合物高的含氢总量对快中子有良好的减弱能力,硼能吸收热中子,铅能屏蔽射线。因此,铅硼聚乙烯具有屏蔽快中子、热中子的综合屏蔽效果。

第二军医大学出版社

中子屏蔽复合材料的显微照片

103. 防护β射线和重离子等应该用什么屏蔽材料?

β射线同人体组织(或其他物质)发生相互作用而沉积能量造成辐射损伤。人体表皮的厚度大多数在 $5\sim10~\mu m$,若平均厚度取为 $7~\mu m$,电子穿透这种厚度的组织至少需要 70 keV。因此可以不考虑低能β射线的外照射损伤。虽然β射线在肌体组织中的射程很短(大多数不到 1 cm),但在空气中的射程较长(可达几十米)。因而操作β放射性物质时,不仅要防止β放射性物质进入人体内造成内照射,而且必须防止β射线的外照射对人眼和皮肤的损伤。

能量低于几兆电子伏的β射线同物质发生相互作用时,主要是使物质分子的原子电离(或激发)而损失自身的能量。对β射线屏蔽材料厚度的选择主要考虑的是:①要能阻止在

β谱中能量最大的电子;②产生的韧致辐射要最少。对一定的β射线源,所选吸收体的厚度随吸收体材料的密度增加而减少,但韧致辐射都随着吸收体材料原子序数的升高而增加。因此对能量较高、辐射较强的β源要采用复合屏蔽,即先用原子序数较低的材料来阻挡β粒子,然后用原子序数较高的材料来减弱韧致辐射(例如有机玻璃制品和铅)。

重离子是以质子为代表的辐射粒子,可能会发生质子及次级辐射可能的电磁相互作用、μ介子物理、离子作用、强子物理过程和剩余核衰变物理作用过程,对其防护比较复杂,一般使用复合材料进行屏蔽。

104. 放射性污物可以随意丢弃吗?

使用的放射性同位素大部分是短半衰期的,通常只有几个小时到几天,在有效监测的情况下,存放 1～2 个月即可衰

放射性污物不可随意排放

第二军医大学出版社

变到允许强度以下,即可按普通废物处理。贮存衰变的放射性废物应存放在适当的容器中防止扩散。存放放射性物质的污物桶内放塑料袋,放射性废物应标明放射性同位素名称、某一时间的活性、需要存放的时间和污物的数量。用于盛装沾染放射性废物的塑料袋与锐物容器应标以"放射性废物",并带有放射性标志。

105. 对放射性污染区域如何管理?

由于人类的各种活动,世界上的许多地区已被放射性核素污染。在污染水平较高的地区,需要采取一些措施以确保该地区安全供人们居住或用作其他用途。对于面积较小的区域,可以将污染的土壤及其他物料运走。但对于面积较大的区域,由于被污染的物料太多,保护措施包括限制进入或使用这些区域。例如,禁止在被可能产生较高水平的氡气的采矿废物污染的地区建房。也可用化学方法使得从土壤进入食物的放射性物质减少。例如,给吃了切尔诺贝利地区受污染牧草的牛食用一种叫做"普鲁士蓝"的化学物质,以增加牛排泄铯的速率,使其不能进入牛奶和牛肉。还有一个例子是在比基尼岛的土壤中加入钾,使树木停止吸收放射性铯。

106. 如何区别对待放射性废物?

放射性废物不仅来自核燃料循环的各个环节——从铀矿开采、铀的加工直到废旧核设施的拆除,而且还来自涉及放射性物质的医疗、工业和科研活动。

免管放射性废物的放射性浓度很低。以致没有必要使用不同于普通的非放射性废物所用的方法进行处理。

中低放废物包括在处理放射性物质的区域中使用过的纸张、衣服和实验设备之类物品,污染的土壤和建筑材料。短寿命废物包含的主要是半衰期相对较短(小于 30 年)的放射性核素,所含的长寿命放射性核素的浓度非常低。

高放废物仅指来自反应堆的乏燃料或指乏燃料后处理时产生的高放液体。这种废物的体积很小,但其活度很高,能产生相当大的热量。

放射性废物管理的目标是以适当的方式对其进行处理使其适合贮存及处置,然后把废物贮存起来或处置掉,使其不再能给当代及后代的人类带来不可接的后果。不同的国家对放射性废物有不同的分类方法。

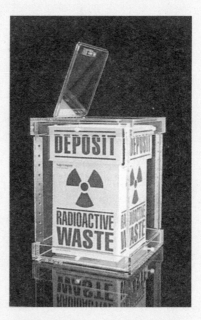

在许多国家中,短寿命放射性废物在近地表处置库中处置,这些处置库通常为数米深的线状沟,或建于地表或浅地表的混凝土地窖。被处置的废物顶上盖上几米厚的泥土,通常再加

放射性废物的存放要遵守相关规定

第二军医大学出版社

一层黏土以防渗水。

许多中低放废物的性状并不适宜于立即处置,必须先将它们掺到混凝土、沥青或树脂之类的惰性物质中去。过去有些国家曾在海洋中处置此类废物,但是自从《伦敦公约》禁止这样做之后,这些废物通常被贮存起来等以后再说。可能性最大的一种选择是在良好的地质条件中建造深地质处置库。目前只有美国正在运行着一座"废物隔离中试厂"(WIPP),建于新墨西哥州,用于处置含锕系元素的废物。

107. 为什么不能随意食用受到放射性沾染的鱼虾、牛羊肉等?

放射性核素进入水体后根据其化学性质溶于水或以悬浮状态存在,可附着于水生生物体表逐步向内渗透,或通过鱼鳃、口腔进入鱼体。浮游生物表面积较大,可吸附相当大量放射性物质。放射性物质可从水直接进入水生植物组织内,鱼及水生动物可直接吸收,又可通过食饵摄入。低等水生生物为鱼及水生动物的主要食饵,它们通过食物链的污染具有生物富集的重要意义。

环境中放射性核素通过牧草、饲料、饮水等途径进入禽畜体内,储留于组织器官中,半衰期长的锶-90、铯-137以及半衰期短的锶-89、钡-140等对动物的污染是食物链中重要的核素。这些核素还可进入奶及蛋中。这两种食品都是婴幼儿及病人的重要食物。环境中放射性核素通过各环节的转移最终均会到达人体,在人体内潴留造成潜在的危害。

放射性核素尚可引起动物多种基因突变及染色体畸变,

即使小剂量也对遗传过程发生影响。人体通过食物摄入放射性核素一般剂量较低，主要考虑慢性及远期效应。即使偶然事故也不能忽视其严重性。

108. 对电磁辐射该如何防护?

对电磁辐射的防护应从它的特性出发而考虑。对强辐射源进行近场屏蔽，用屏蔽室或屏蔽布、金属板或金属网把它们包围起来，使泄露出去的辐射能量尽量减少。

远离辐射源和减少与辐射源接触的时间是有效的防护办法，辐射对人体的作用与接受的强度和时间的乘积成正比。降低强度和减少接触时间都可以减少接受的辐射剂量。

对电磁辐射的屏蔽是利用电磁辐射特性最常用和有效的方法。屏蔽作用的好坏，通常以屏蔽效率来衡量。通常以辐射强度通过屏蔽而下降值与原有值的百分比表示。如屏蔽前为 E1，屏蔽后为 E2，下降值为 E1－E2，则屏效 X＝（E1－E2）＊100％。另一个常用的表示方法为辐射强度的衰减值，屏效 A＝20 lgE1/E2，单位为分贝（DB）。

远场屏蔽，通常采用人体穿防护服、帽。防护服是利用金属网或金属材料对电磁波的反射和吸收作用而实现屏蔽效能。用金属网或金属膜材料制作的防护服装，穿着性能很差。所以近几十年先进发达国家致力于具有电磁屏蔽织物的研发。

109. 防电磁辐射服装也能防护电离辐射吗?

医学研究表明，孕妇在怀孕期间接触 X 射线、γ 射线等

第二军医大学出版社

电离辐射是有害的,但隔离电离辐射的防护服中必须含有一定量的铅,因此这种服装会非常笨重。电离辐射最常见的就是医院里照片子用的 X 射线、CT、核磁共振等,所以医院放射科的工作人员都会穿着厚重的防护服,医院还会在放射科的墙上或者门上贴上铅块等防辐射材料。现在市场上销售的孕妇防辐射服对能量较低、穿透力较弱的电磁辐射有一定的防护效果。但是,对穿透力较强的 γ 射线等电离辐射就基本上无法起到防护作用。

110. 见到下列警告标志你要注意什么,放射性标志有哪些?

国家有关法规规定放射性物质和射线装置应当设置明显的放射性标识和中文警示说明。生产、销售、使用、贮存、处置放射性物质和射线装置的场所,以及运输放射性物质和含放射源的射线装置的工具,应当设置明显的放射性标志。

标志牌正面

标志牌反面

当心电离辐射

放射性标志

一级放射性物品　　　二级放射性物品　　　三级放射性物品

危险货物包装标志

国际辐射防护组织正式颁布的补充标志

第二军医大学出版社

某校园内安放的放射性标志

2007 年 IAEA 等国际辐射防护组织正式颁布了一个补充标志,但并没有废除以前的传统标志物,补充标志由三叶草图案放射线、人头颅骨、交叉股骨、跑动的人体 5 部分组成,按照其要求框在黑色三角型图案之中,标志的背景为红色,人头颅骨、交叉股骨、跑动的人体均为黑色,放射线为白色。它的目的是警示来自任何地点将受到放射源潜在危险的人们"你已经接近了危险的边缘,勿打开、勿靠近",迅速远离该区域,减少大型放射源事故性照射引起的不必要死亡和严重伤害。

111. 辐射保鲜食品是否安全?

从 20 世纪 70 年代开始,国际原子能机构、世界卫生组织、国际粮农组织等多个国际组织,就开始在全球范围内,组织实验室对辐照食品的安全性进行论证,大量的动物试验和人体试验结果,都证实了经 10 kGy 以下剂量辐照的食品是安全的,不存在毒理性问题。在我国 1998 年 1 月 1 日实施的《辐照新鲜水果、蔬菜类卫生标准》中,对不同水果、蔬菜的辐照剂量都作了严格规定。2003 年 7 月,国际食品法典委员会讨论通过了新修订的《国际辐照食品通用标准》和《食品辐照加工工艺国际推荐准则》,允许 10 kGy 以上剂量的食品辐照,以实现合理的工艺目标。食品在接受照射时,不直接与放射源

豆类、谷类及其制品	大米、面粉、玉米渣、小米、绿豆、红豆	控制生虫

干果果脯	空心莲、桂圆、核桃、大枣、小枣	控制生虫

熟畜禽类	扒鸡、烧鸡、咸水鸭、熟兔肉、六合脯	灭菌、延长保质期

冷冻割肉类	猪、牛、羊、鸡	杀沙门氏菌及腐败菌

干香料	五香粉、八角、花椒	杀菌、防霉、延长保质期

方便面固体汤料	方便面固体汤料	杀菌、防霉、延长保质期

新鲜水果蔬菜	土豆、洋葱、大蒜、生姜、番茄、荔枝、苹果	防止发芽、延缓后熟

常见的辐射加工食品

127

第二军医大学出版社

接触,只接触由射线、射线或电子束带来的能量,因此不存在食品带有放射性或残留问题。同时,对辐照食品进行的辐射化学、毒理学、营养学研究也证明,辐照后的食品不会产生放射性。

食品辐照技术的另一个好处是由于不添加任何化学物质,所以食品不会被污染、不存在化学残留,也不会产生有毒物质,对食物所含营养素的破坏也很少。而大量的动物试验和人体试食试验也同时证明,辐照食品没有致癌、致畸的作用。所以,按照国际组织和国家标准规定的要求,经辐照的食品是安全的,可以放心食用。辐照技术还能够节约能源,减少环境污染,是一种很有前途的绿色食品灭菌方法。